庫

八丁堀の忍㈥

死闘、裏伊賀

倉阪鬼一郎

講談社

目次

『八丁堀の忍（六）　死闘、裏伊賀』——おもな登場人物

鬼市《おにいち》（市兵衛《いちべえ》）　裏伊賀《うらいが》の隠《かく》れ砦《とりで》から命からがら脱出した抜《ぬ》け忍《にん》。

城田新兵衛《しろたしんべえ》　もと南町奉行所の隠密廻《おんみつまわ》り同心。八丁堀《はっちょうぼり》の屋敷で鬼市をかくまう。

志乃《しの》　新兵衛の妻。裏伊賀討伐隊を組んだ新兵衛を伊賀に送り出す。

花《はな》　抜け忍。かつては鬼市を狙う刺客だったが、裏伊賀の呪縛《じゅばく》が解ける。

風《かぜ》　抜け忍。裏伊賀の刺客との戦いで左腕を失う。

明月院大悟《めいげついんだいご》　城田家の長屋の浪人。鍋焼きうどんの屋台を出していた。槍《やり》の名手。

良知大三郎《りょうちだいざぶろう》　旗本の三男。新兵衛と志乃の道場新志館《しんしかん》の師範代。

朝比奈源太郎《あさひなげんたろう》　新兵衛の道場の門下生。辻《つじ》斬りに親友を殺された。

竹吉《たけきち》　双子の兄の松吉《まつきち》と十手《じって》持ちをしていた。裏伊賀との戦いで松吉を失う。

熊太郎《くまたろう》　田舎相撲《いなかずもう》の大関。せがれの熊吉《くまきち》を裏伊賀にさらわれた。

大然和尚《たいねん》　裏伊賀の隠れ砦の麓《ふもと》にある寺の住職。

高尾《たかお》の南《みなみ》　非情な裏伊賀のかしら。さらった子供たちを人体兵器に変えていく。

虎太郎《こたろう》　高尾の南のせがれの一人。

十文字一刀《じゅうもんじいっとう》　裏伊賀の隠れ砦にいる生涯不敗を誇る長身の武芸者。

嘉助《かすけ》　裏伊賀の指南役。

甚造《じんぞう》　裏伊賀のわらべさらいの隊長。

鳥居《とりい》耀蔵《ようぞう》　江戸幕府の要人。裏伊賀の創設者で、「氏神」と呼ばれる。

八丁堀《はっちょうぼり》の忍《しのび》（六）

死闘、裏伊賀

第一章　決戦の前

一

闇の中から梅の香りが漂ってきた。
どこかで花が咲いている。
その香りを嗅《か》ぎながら、鬼市《おにいち》は身を動かした。
木刀を用いることもあるが、今夜は素手だ。
いっさいの武器を持たず、身一つで動くと、気がいっそう研ぎ澄まされる。
見えない敵に向かって蹴《け》りを入れ、さらに手刀を振り下ろす。
「えいっ」
鬼市の口から、気合の入った声が発せられた。

決戦の時は近い。

乾坤一擲《けんこんいってき》の大勝負になる。

おのずと気合が増す。

風の音が強くなった。

鬼市は振り向き、闇の芯《しん》に向かって鋭い突きを入れた。

ちょうどその方向に裏伊賀《うらいが》の隠《かく》れ砦《とりで》があった。遠からず攻めこみ、落とさねばならない砦だ。

鬼市はさらに宙に舞い、見えない敵に向かって蹴りを見舞った。

わずかに雲が切れ、月の光が差しこんできた。

梅の香りが濃くなる。

ひとしきり身を動かしているうち、人の気配がした。

仲間の忍《しのび》、風《かぜ》と花《はな》だ。

「入るか」

鬼市は短く問うた。

「おう」

風が短く答えた。

「うちは駆け比べのあとやから、見てる」

花が言った。

どうやら風と花は土手を駆ける稽古《けいこ》をしていたらしい。

「おう」

鬼市は軽く右手を挙げた。

「いざ」

風が構えをつくった。

ただし、その構えは尋常ではなかった。

風は隻腕の忍だ。右腕しかない。

ただし、両腕を使える者にも引けは取らない。ぐっと気を集めれば、あるはずのないまぼろしの左も動かすことができる。風だけが使える必殺技だ。

「てやっ」

鬼市は鋭く踏みこみ、刀を振り下ろすしぐさをした。

風が跳び退《しさ》り、間合いを計って腕を振り下ろす。

見えない刀が打ち合わされ、火花が散るかのようだった。

なおひとしきり、おのれの身だけを使った二人の忍の稽古が続いた。

そのさまを、くノ一の花が食い入るように見つめていた。

二

稽古を終えた三人の忍は、寺のほうへ戻っていった。

大然《たいねん》という名の和尚が住職をつとめる寺は、伊賀の中でも伊勢《いせ》との境に近いところにある。そこが裏伊賀討伐隊の根城となっていた。

人さらいや略奪など、ほしいままに悪事を行う裏伊賀の魔手から逃れるべく、伊賀の南部の人々は生まれ育った土地を捨て、次々に伊勢へ逃れていった。檀家はすべて逃れてしまったが、大然和尚は死者の菩提《ぼだい》を弔《とむら》うために伊賀に残り、わずかな田畑を耕しながら暮らしていた。

稽古をしていた川の土手から大然和尚の寺まで、ほのかな梅の香りが漂う道を三人の忍は歩いた。

雲がさらに切れ、月あかりが差してきた。

「ええ月や」

夜空を見上げて、鬼市がぽつりと言った。

「ほんまやね」

花もあたたかみのある声で和す。

「裏伊賀の隠れ砦で、よう月を見てた」

隻腕の抜け忍が言った。

「わいもや」

鬼市はいくぶん目を細くした。

まだ抜《ぬ》け忍《にん》ではなかったときに眺めていた月の記憶が、ありありとよみがえってきた。

裏伊賀での日々は、ありていに言えば地獄だった。

近在の村からわらべをさらい、厳しい修行を課して人体兵器に育てる。十八まで修行に堪《た》えることができれば、隠れ砦を出て江戸へ赴き、黒幕の鳥居《とりい》耀蔵《ようぞう》に謁見してから諸国へ放たれる。

しかし、それまでに落命する忍の卵も多かった。死屍《しし》累々《るいるい》と言っても過言ではない。

鬼市は瞬《まばた》きをした。

月の中に、ある面影がだしぬけに浮かんだのだ。

鳥丸《とりまる》だ。

人なつっこい笑顔の忍は、いまはもうこの世にはいない。鳥丸は死んだ。裏伊賀の隠れ砦で修行中に死んだ。

いや、違う。

鬼市がその手で殺《あや》めてしまったのだ。凍えるような池の中で、互いに素手で戦う修行の最中だった。無我夢中で必死だったとはいえ、鬼市は誤って友の首を絞めて命を奪ってしまった。

その一件のあと、鬼市は抜け忍になることを心に誓った。

裏伊賀を出るのだ。

そして、紆余曲折《うよきよくせつ》を経て「八丁堀《はっちょうぼり》の忍」となり、いまはこうして討伐隊に加わり、隠れ砦の麓《ふもと》の村にいる。


「いつか、ゆっくりお月さんをみたいもんやね」

花の言葉で、鬼市は我に返った。

亡き友の面影は消えた。

「そやな」

鬼市は短く答えた。

諸悪の根源である裏伊賀の隠れ砦を落とし、囚《とら》われの者たちをすべて解放して後顧《こうこ》の愁《うれ》えがなくなれば、もっと落ち着いた心持ちで月を眺められるかもしれない。

その時まで、まだ登るべき道がある。

勝たねばならない、いくさがある。

三

寺に戻ると、もと八丁堀同心の城田《しろた》新兵衛《しんべえ》が討伐隊の面々と軍議を始めていた。

「おう、おまえらも入れ」

新兵衛が右手を挙げた。

「はい」

抜け忍たちも輪に加わった。

その真ん中に絵図面が広げられている。

裏伊賀の隠れ砦とその周辺を描いた絵図面だ。抜け忍たちから聞いたことに基づき、大然和尚が筆を執った図だ。

「こうして改めて見ると、つくづく難攻不落じゃのう」

明月院大悟《めいげついんだいご》が腕組みをした。

城田屋敷には店子《たなご》がいくたりもいる。槍《やり》の名手で、平生《へいぜい》は鍋焼きうどんの屋台を出しているこの気のいい武家もその一人だ。

「いくら図を見ても、登る道が一つしかありませんからね」

良知大三郎《りょうちだいざぶろう》が腕組みをした。

城田新兵衛が妻の志乃《しの》とともに始めた新志館《しんしかん》という道場で師範代をつとめている。江戸で留守を預かっている志乃は、薙刀《なぎなた》の名手だ。

「裏手の谷を登るっちゅう手はありますけど、狼《おおかみ》がぎょうさん待ち受けてますわ」

鬼市は顔をしかめた。

裏伊賀から抜けるとき、獰猛《どうもう》な狼に嚙《か》まれて高熱を発し、九死に一生を得たことがあった。

「では、攻めこむのなら、やはり捲土重来《けんどちょうらい》のこの道しかありますまいな」

朝比奈源太郎《あさひなげんたろう》が険しい道を指さした。

その途中に松の木が描かれている。

そこを通り過ぎると、道が急になる。

周りは草木も生えぬはげ山だ。身を隠すところがない。

「正面から攻めこむのは敵に利がある。それは、先のしくじりでよく分かった」

新兵衛が言った。

「痛い目に遭ったんで」

鬼市が顔をしかめた。

討伐隊は隠れ砦へ攻めこもうとした。

だが……。

松の木を越え、険しい登りにさしかかったところで、敵の襲撃に遭ってしまった。

「兄ちゃんは、それで命を」

竹吉《たけきち》が何とも言えない表情になった。

双子の十手《じって》持ちだった兄の松吉《まつきち》が深手を負い、のちに落命に至ったのはそのときだ。

討伐隊の前に現れたのは、尋常な敵ではなかった。

面妖《めんよう》な言葉を口走りながら襲ってきたのは、まったく予期せぬ敵の群れだった。

討伐隊にも備えはあった。

常ならぬ者が襲ってきたときのために、数珠《じゅず》をはめ、お経を唱えて迎え撃つ手はずになっていた。

色不異空《しきふいくう》、空不異色《くうふいしき》
色即是空《しきそくぜくう》、空即是色《くうそくぜしき》……

いっさいを空と観ずる般若心経《はんにゃしんぎょう》の一節だ。

しかし……。

手負いの松吉とともに逃げることはまったく想定していなかった。

討伐隊は、かくして敗走した。

裏伊賀の隠れ砦を落とすことはできなかった。

「次はお経を増やし、合図とともに礫《つぶて》のごとくに言葉を投げつけることになっている。ただし、同じ峻険《しゅんけん》な道を進むのは敵に利がある」

新兵衛が腕組みをした。

裏伊賀が放った異形の者たちは、一切を空と観ずる般若心経の一節を礫のごとくに投げつけることで、その力をある程度は殺《そ》ぐことができた。

大然和尚の発案により、次はさらに言葉を増やす手はずになっていた。

阿吽《あうん》の呼吸に習い、「阿」もしくは「吽」の合図のあとに経文を放つ稽古も積んだ。

阿！

色不異空、空不異色……

色即是空、空即是色……

吽！

無眼耳鼻舌身意《むげんにびぜっしんに》……

稽古を積むにつれて、しだいにきれいに声がそろうようになった。

「無眼耳鼻舌身意」とは、目も耳も鼻も舌も身体も意識もないという意味だ。

またしても怪しのものが現れたら、それを言葉の手裏剣のごとくに投げつける。討伐隊の面々はそういう修練を積んでいた。

だが……。

どこで、いかにして敵を迎え撃つか、思案すべき点はまだまだ多かった。

一時は「明日が決戦」という話でまとまりかけたが、急《せ》いては事を仕損じる。さらに軍議を重ね、時を待つことになった。

「忍だけなら、はげ山の岩場を走って手裏剣を打つこともできるが」

風が身ぶりをまじえて言った。

これは言葉ではなく、実体のある手裏剣だ。

「わしらには、そんな軽業は無理だからのう」

明月院大悟が近くに座っていた男を手で示した。

槍の名手も恰幅《かっぷく》があるが、さらにひと回り大きい偉丈夫だ。

「険しい坂を登るだけでも難儀するんで」

そう言ったのは、熊太郎《くまたろう》という男だった。

せがれの熊吉《くまきち》を裏伊賀にさらわれてしまった。その奪還を志し、ほかの者のように伊勢へは逃げず、この地にとどまっている。もともと田舎相撲《いなかずもう》の大関で、力比べなら引けは取らない。六尺豊かな大男で、胸板もずいぶんと厚い。

「隠れ砦に関しては、入口の備えと中の様子まで、忍たちの証し言《ごと》をもとにすでにこうして図に描いている」

かしらの新兵衛が図を指さした。

「さりながら、一つしかない道を正直に登って隠れ砦に攻めこもうとするのが得策かどうか、大いに異論もありそうだ」

新兵衛は腕組みをした。

鬼市は改めて図面を見た。

狼が巣食う裏手の谷から逃れてきた鬼市が、その道をたどって隠れ砦に入ったことはなかった。

松の木の先に続く、はげ山の急峻《きゅうしゅん》な坂を登ると、裏伊賀の隠れ砦の入口にたどり着く。

だが……。

そこから先は容易ではなかった。

入口には物見櫓《ものみやぐら》が建ち、隠れ砦の番人たちが交替で見張る。鉄砲を持ち、夜も篝火《かがりび》を焚《た》いている。

たとえ番人たちを斃《たお》しても、そのまま隠れ砦へ入ることはできない。物見櫓と砦のあいだには尖《とが》った杭《くい》がびっしりと敷き詰められている。いかに忍でも、この上を生身の体で突っ切ることはできない。

隠れ砦から物見櫓に至るには跳ね橋を用いる。平生は跳ね橋が上がっているから、通るのは無理だ。

「いくら砦の洞窟の図があっても、そこまで到達するのが至難の業ですからね」

良知大三郎が渋い顔つきで言った。

「弔い合戦の気合だけじゃどうにもならんか」

竹吉が腕組みをした。

このたびは双子の兄、火の松吉の弔い合戦だ。敵《かたき》を討ってやるという気合には並々ならぬものがある。

「忍隊と本隊に分けるっちゅう策もあります」

鬼市が案を出した。

「三人の忍だけが先発するわけか」

新兵衛が言った。

「はい。さらに言えば、風とおれだけで敵の見張りを斃し、跳ね橋を下ろすこともできんこともないやろうと」

鬼市が答えた。

もう一人の花も修練を積んだくノ一だが、怪しの者たちを斬り伏せながら進むのはいささか荷が重いかもしれない。そう考えて、鬼市と風だけが先発する案を示した。

「後ろの討伐隊は、麓で待っているわけか」

朝比奈源太郎がやや不服そうに問うた。

「跳ね橋が下りた知らせは？」

今度は良知大三郎がたずねる。

「狼煙《のろし》を焚《た》いて知らせましょう」

鬼市は答えた。

「敵を麓までおびき出すという手もありますな」

大然和尚が口を開いた。

「わしもそれを考えていた。平地まで下りてきてくれたら、いくらでも腕を振るえるのだが」

大悟が槍を振るうしぐさをした。

「わいもそのほうがありがたい。相撲の土俵は平らやさかい、難儀な登りの道は向かん」

熊太郎が首をかしげた。

「敵の土俵に近いところで戦うのは得策ではないかもしれぬな」

討伐隊のかしらが言った。

「敵を挑発し、山を下ろさせ、平地で迎え撃って勢力を殺いでから攻めこみますか」

大三郎が訊《き》いた。

「それがいいかもしれません」

源太郎が賛意を示す。

「どうだ、おまえらの考えは」

新兵衛が三人の忍を見た。

「たしかに、狼煙で知らせてから攻めこむあたりのつなぎがうまくいくかどうか」

花が首をかしげた。

「後発隊が攻めあぐんだら、元も子もないでのう」

大悟が慎重に言う。

「乏しい人数を二手に分けるのもどうかと」

竹吉があごに手をやった。

「はやらぬほうがええかもしれんな」

鬼市は考え直して風を見た。

隻腕の抜け忍がうなずく。

「で、どうやって敵を挑発し、山から下ろさせるかだが」

新兵衛が腕組みをした。

「それについては、拙僧に一つ考えが」

大然和尚が手を挙げた。

「いかなる考えでしょう」

討伐隊のかしらが身を乗り出した。

「実物を見てもろたほうがよろしいでしょうな。ちょっとご案内しましょう」

大然和尚が乗り気で言った。

四

「いまはうちが伊賀に残ってるだけで、近在の村の寺はおおかた無住になってしまいました」

寺の裏手へ案内しながら、大然和尚が言った。

「高尾の里の寺も無住でした」

新兵衛が言う。

「なにぶん人さらいが横行しましたからな。恐れて我先にと伊勢へ逃げるのは仕方ないところですやろ。……あ、ここに入ってますんで」

和尚は倉庫のようなところを指さした。

「さて、何が飛び出すか」

大悟が腕組みをした。

「大したもんやないんですが、いままでほとんど使《つこ》てないものでしてな」

和尚はそう言うと、倉庫の中へ入った。

「あった、あった」

ややあって、大然和尚の声が響いた。

僧はほどなく、面妖な物を抱えて出てきた。

「それは?」

鬼市がけげんそうに問うた。

「仏像の光背をつくっていた職人さんに、だいぶむかしつくってもろたものなんや」

和尚はそう言って、かなり重そうなものを地面に置いた。

光背とは、仏像の背後の後光のことだ。

「法螺貝《ほらがい》が化け損ねたみたいなもんですな」

大悟が思ったことを口にした。

「これが何の役に立つんです?」

竹吉がけげんそうな顔つきになった。

「この面妖なもので、敵を挑発し、下山に導くわけですか」

新兵衛も首をひねった。

「矢でも飛び出すんでしょうか」

花が瞬きをした。

「いや、まさかそれは」

大然和尚が笑った。

「では、どう使うのでしょう」

待ちきれないとばかりに、源太郎が問うた。

「どなたか、力があって声の大きい方に試してもらうことにしましょか」

和尚はそう言って、熊太郎のほうを見た。

「わいは田舎相撲の大関で、相撲甚句《じんく》もやってたさかいに」

熊太郎が乗り気で言った。

「そやな。ほな、あんたに頼むわ」

和尚は熊太郎に面妖なものを渡した。

「承知で」

熊太郎が重そうなものを受け取る。

「法螺貝みたいなところをくわえて、『わーっ』と声を出してみてくれんか」

大然和尚が言った。

「声、出しまんのか」

と、熊太郎。

「そや。花が咲いたみたいになってるとこから声が出るさかいに」

和尚は身ぶりをまじえた。

「ほな、やってみます」

熊太郎はのどの具合を調えると、精一杯の声を発した。


わあーーーーーーーーっ！


夜空に向かって、途方もない声が放たれた。

「うわ、びっくりした」

鬼市が目を瞠《みは》った。

「なるほど、声が大きくなるのか」

新兵衛がひざを打った。

わあーーーーーーーーーっ！

熊太郎が重ねて叫ぶ。

その声はさらに山にこだまして高く響きわたった。

「音拡げ器です。実際にはほとんど役に立たんかったんですが、裏伊賀の人さらいが出てたときなどに里へ知らせる手間を省こと思て、光背づくりの職人さんと相談しながらつくったんですわ」

和尚が説明した。

「そのうち、里から人気《ひとけ》が絶えて役に立たなくなってしまったわけですか」

大三郎が問うた。

「そのとおりで」

和尚は苦笑いを浮かべた。

おーい、熊吉……

帰ってこーい……


熊太郎の悲痛な声が響いた。

風に乗って、山のほうへ言葉が伝わる。

「ちょっと貸してもらえますか」

鬼市が手を伸ばした。

何か思いついたようだ。

「おう、ええで」

熊太郎は音拡げ器を忍に渡した。

みなが見守るなか、鬼市は声を発した。


裏伊賀のあほども、下りてこんかい！

おまえらは腰抜けか。

砦にこもるしか能がないんか。

あほどもめが！

「なるほど」

　風がにやりと笑った。

「忍の耳は常人離れしていると聞く。これを使ったら、隠れ砦のかしらの耳にきっと届くだろう」

　新兵衛が音拡げ器を指さした。

「挑発して、砦を出て山を下りさせるんですね？」

　大三郎が問うた。

「そのとおり」

　討伐隊のかしらはすぐさま答えた。

「忍の耳やったら、必ず聞こえますんで」

　鬼市は耳に手をやった。

「名案やと思います」

　花が珍しく進んで言った。

「かしらは血相を変えるだろう」

　風が表情を変えずに言った。

「平地なら腕を振るえるで」

大悟が太い二の腕をたたいた。

「わいもや」

熊太郎も続く。

「いよいよ兄ちゃんの弔い合戦で」

竹吉の声に力がこもった。

「とにかく、まず敵を挑発して山を下ろさせる。そこに陣を張って迎え撃ち、敵が敗走したら追って隠れ砦に攻めこむ」

新兵衛が身ぶりをまじえて言った。

「それから、砦に囚《とら》われてるわらべたちを救い出して、裏伊賀を叩《たた》きつぶすんや。もう二度と悪さができんように。泣くもんが一人も出んように」

鬼市は引き締まった表情で言った。

第二章　地獄の砦《とりで》

一

月光が隠《かく》れ砦《とりで》を照らしている。

切り立った岩肌には草すら生えていない。命あるものを根源から拒むかのようなたたずまいだ。

跳ね橋は上がったままだ。

物見櫓《ものみやぐら》と砦のあいだには、切っ先鋭い杭《くい》がびっしりと据えられている。何人《なんぴと》たりとも その上を渡ることはできない。

逆さに据えられた杭。その先端に月あかりが宿っている。凝視しているうちに、血に変容してしまいそうな不吉さだ。

だれかが泣いている。

わらべの声だ。

親から引き離され、ふるさとと遠きこの不毛の地に幽閉されているわらべが泣いている。その泣き声が、闇に陰々と響いている。

風が吹く。

ことに夜には、草を根こそぎなぎ倒していくかのような強い風が吹く。

その風に乗って、狼《おおかみ》の遠吠《とおぼ》えが響いてくる。谷に巣食う獰猛《どうもう》な狼たちが競うように吠える。

幾重にもかさなって響く怖ろしい声に、わらべの泣き声はかき消されてしまう。

それでも、囚《とら》われの者は泣きながら叫ぶ。

「助けて……助けて……」

天然の要害に幽閉された者にできることは、それしかなかった。

「父ちゃん……母ちゃん……助けて……」

さらわれたわらべが懸命に訴える。

その声に耳をとめた者もいた。

しかし……。

残念ながら、それは味方ではなかった。

裏伊賀のかしらだった。

二

「ええい、鬱陶《うっとう》しい」

高尾《たかお》の南《みなみ》はぬっと立ち上がった。

裏伊賀のかしらは常人離れをした精力を誇っている。近在の村からさらってきた娘を情婦とし、毎晩いくたりも相手にして種をつける。その繰り返しによってできた子が、隠れ砦には大勢いた。

わが子に対する愛情などはかけらもない男だ。子が男なら、厳しい修行を課して殺人兵器に仕立て上げる。修行の途中で落命しても、鼻で嗤《わら》うだけだ。

弱いやつは死ね。

それが裏伊賀のかしらの口癖だった。

「いくら泣いてもあかんぞ。あほだらが」

わらべの泣き声が癇《かん》に障った高尾の南は、下帯だけの姿で部屋を出た。

月あかりが異形の姿を照らす。

肩から下腿部にかけて、無数の傷跡があった。高尾の南はおのれの手で肉を切り取り、ある秘法を用いて分身をつくりだしたのだ。

肉を切れば、耐えがたい痛みが走る。血も流れる。

おびただしい血が失われれば、やがては死に至る。

だが……。

裏伊賀のかしらは常人ではなかった。嘘か真《まこと》か、父親は鬼だとも言われている。

かつては素手で獰猛な狼たちと戦って退治したこともある。全身の随所の肉を切り取り、無残な姿となっても、しっかりとこうして仁王立ちになっていた。

「おのれら」

高尾の南は叫《さけ》んだ。

その声に応えて、闇の中から一体また一体と怪しい者が姿を現した。

うち見たところ、その姿は裏伊賀のかしらと寸分も違《たが》わなかった。

分身だ。

『那言《なこと》写本』という禁断の書物に、その秘法が記されていた。

肉体の一部を切り取り、秘呪を唱えることによって息吹を与え、分身を生ぜしめる恐るべき秘法だ。

那ノ言《こと》ニ従フベシ
唱ヘヨ、唱ヘヨ
旧《ふる》キ者ニ祈ルベシ

己《おの》ガ肉ヲ切リ
那ノ言ノ息吹ヲ吹キコマバ
分霊《わけみたま》ヲ宿セシ者ラハ
自在ニ動クベシ

分身は自在に動いた。

ただし、自らの意志に従うものではない。

高尾の南の指示に従い、討伐隊に向かっていった。

「われこそは、高尾の南なり」

「われこそは、高尾の南なり」

「われこそは、高尾の南なり」

同じ言葉を発しながら、隠れ砦を出て討伐隊を迎え撃った。

分身は恐れを感じない。

おのれの考えで動いているわけではないからだ。

死を恐れず、決してひるまず、分身たちは討伐隊に襲いかかっていった。

その結果、犠牲者も出した討伐隊は敗走した。

しかし……。

分身隊はなぜか深追いをせず、討伐隊を追い払っただけで隠れ砦に戻ってしまった。

高尾の南は激高した。

「なんで追いかけて皆殺しにせえへんねん」

そう一喝したが、分身がかしらにそっくりなのは見てくれだけで、あいにく脳味噌《のうみそ》が入っていなかった。肉片から生まれた分身に力はあっても知恵はない。

せっかく敵が麓《ふもと》まで来ているのだから、ここは一気に攻め潰《つぶ》すべし。

裏伊賀のかしらはそう主張した。

配下の鉄砲隊の隊長は、隠れ砦は天然の要害につき、分身隊には備えをさせるべしと進言した。

だが、血の気の多いかしらは一蹴した。

それではぬるい。抜け忍《ぬにん》どもの臭《にお》いがしみついた手拭《てぬぐい》を嗅《か》がせたうえ、麓へ下りて討伐し、首を斬り落とすべしと言って譲らなかった。

「われこそは、高尾の南なり」

「われこそは、高尾の南なり」

分身たちの唱える言葉が変わった。

「抜け忍、覚悟！」

「抜け忍、覚悟！」

まなじりを決してそう叫ぶようになった。

「ええか、おのれら」

分身たちに向かって、まだ全身に生々しい傷跡のある男が言った。

「抜け忍どもの臭いはしっかり嗅いだな」

高尾の南は睨《にら》みを利かせた。

「抜け忍、覚悟！」

「抜け忍、覚悟！」

分身たちが刷りこまれた言葉をそのまま叫ぶ。

「明日の晩に攻め下りるで。今度こそ皆殺しにしたれ」

裏伊賀のかしらの声に力がこもった。

「抜け忍は、鬼市と花と風や。こいつらは一人も生かすな。首を持って帰ってこい」

高尾の南は叱咤《しった》した。

「抜け忍、覚悟！」

「抜け忍、覚悟！」

分身たちの声が高くなる。

「ええか。今度戻ってきよったら、命はないで。首を刎《は》ね、心の臓をえぐられてしまいや。そう思え」

さらに恫喝《どうかつ》するように言う。

分身たちは沈黙した。どう答えていいのか、言葉が出てこないらしい。

「何黙ってんねん。やる気あるんか。明日の晩が決戦やぞ」

高尾の南はいらだたしげに言った。

「抜け忍、覚悟！」

「抜け忍、覚悟！」

分身隊は、結局同じことを口走った。

「そや。三人の抜け忍だけとちゃうぞ。このわいと裏伊賀を討伐しよっちゅう、あほな考えを持ってるやつらも一緒や。まとめて殺したれ」

裏伊賀のかしらの声に力がこもった。

「抜け忍、覚悟！」

「抜け忍、覚悟！」

分身たちの声が夜空に響く。

「明日は皆殺しや。討伐隊のあほどもらめ、一人残らず殺したれ」

傷だらけの高尾の南の体が真っ赤に染まった。

三

翌日の修行は凄惨を極めた。

「ゆうべ泣いとったのはだれや」

引き出されてきた忍の卵たちに向かって問う。

背丈が伸び、厳しい修行をここまで乗り切ってきた年長の者とは違う。不幸にも親から引き離され、裏伊賀に拉致《らち》されてきたのは、年端《としは》も行かぬわらべたちだ。

「だれやって訊《き》いてるんや。手ェ挙げんかい」

胴間声《どうまごえ》が隠れ砦に響きわたった。

一人のわらべが、恐る恐る右手を挙げた。

「ほう、おまえか」

高尾の南は笑みを浮かべた。

ただし、ひと目見ただけで震えあがるような笑みだ。

「よう言うた。ほな、ほうびに丸太を跳ばしたろ」

裏伊賀のかしらは庭にしつらえられた鍛《きた》えの場を指さした。

丸太が縦向きに間合いを置いて据えられている。高さもあいだもまちまちだ。どうやら丸太から丸太へと跳び移らせるつもりらしい。

だが、それだけではなかった。

丸太と丸太のあいだの地面には、天に刃を向けた槍が埋めこまれていた。どの切っ先も鋭い。

「ちょっと手本を見せたれ」

高尾の南は年長の忍《しのび》の卵たちに言った。

「はっ」

一人が進んで前に出る。

かしらの前でいいところを見せようと、忍の卵はしなやかな身のこなしで丸太に上ると、落ちないように手を広げて揺らしながら均衡を保った。

「行け」

かしらが命じる。

「はっ」

忍の卵は間合いを計ったかと思うと、気合の声を発しながら宙に舞った。

次の丸太の上に跳び移り、危うく身を支える。槍の山は見事に越えた。

「次や」

高尾の南が言った。

「えいっ」

今度は少し高い丸太に跳び移る。

届かなかったら槍で串刺《くしざ》しだ。

間一髪だったが、忍の卵は次の丸太に跳び移った。最後はたとえ踏み外しても地面が支えてくれる。終いまで進んだ忍の卵はほっと一つ息をついた。

「やり方は分かったな」

裏伊賀のかしらは泣いていたわらべのほうを見た。

わらべは首を横に振った。

「……でけへん」

べそをかきながら言う。

「無理ですわ、かしら」

指南役の嘉助《かすけ》が横合いから言った。

「黙っとれ」

高尾の南は一蹴した。

「跳べんかったら、ここから出られへんねん。気合入れてやらんかい」

そう叱咤したが、わらべはしゃくりあげるばかりだった。

「丸太に乗せたれ」

裏伊賀のかしらは年長の忍の卵たちに命じた。

「はっ」

嫌がるわらべを無理やり丸太に乗せる。

手を離すと、わらべの体がゆらりと揺れた。

「あっちの丸太まで跳ぶんや。忍やったら跳べる」

高尾の南は平然と言った。

「跳べへん……」

丸太の上で、わらべはまた泣きだした。

「跳ばんかい」

裏伊賀のかしらは手にした鞭《むち》で地面をたたいた。

「一回だけにしたってください、かしら」

嘉助がとりなした。

とても最後まで跳びきれるとは思えない。一回だけなら、ことによるとできるかもしれない。指南役はそう考えたのだ。

「よっしゃ。一回だけにしといたろ。その代わり、しっかり跳べ」

かしらはわらべに告げた。

「肚《はら》くくって跳べ。跳べたら生き残れる」

嘉助が精一杯の風を送った。

何とも言えない表情でうなずくと、わらべは丸太の上で立ち上がった。

その身がぐらりと揺れる。

わらべはなおも逡巡《しゅんじゅん》していた。
しくじれば命はない。鋭い槍に串刺しにされてしまう。
「跳ばんかい！」
高尾の南は癇癪《かんしゃく》を起した。
鞭がうなる。
それはわらべが乗っている丸太を叱咤するように叩《たた》いた。
わらべの顔がゆがんだ。
「うわあああっ」
箍《たが》が外れたような声を発すると、わらべは丸太から跳んだ。
だが……。
蹴る力の弱さはいかんともしがたかった。
虚空でぐらりと体勢を崩したわらべの体は、妙にいびつな恰好《かっこう》で落下していった。
その身を受け止めたのは、母なる大地ではなかった。
切っ先が鋭く尖《とが》った槍だった。

四

「あほだらがっ」

裏伊賀のかしらは吐《は》き捨てるように言った。

深手を負ったわらべの泣き声が響く。

「母ちゃん、痛い、痛い……」

脚に槍が突き刺さり、血を流しながらわらべは言った。

「おい、おまえら」

高尾の南は年かさの忍の卵たちを見た。

「しくじったやつを、崖《がけ》からほかしてこい」

非情にそう言い放つ。

ほかす、とは棄てることだ。

「ほ、ほかすんですか？」

一人がおずおずと問うた。

「そや。しくじって怪我したやつは見込みがあらへん。こんな丸太を一つも跳べんようなやつは、ここに置いといてもしゃあないさかい」

おのれがさらわせたのに、裏伊賀のかしらは勝手なことを言った。

「助けて……母ちゃん……」

深手を負った忍の卵が泣きながら言った。

仲間を棄ててこいと命じられた二人が互いに顔を見合わせる。

「何してんねん。早《は》よほかしてこんかい！」

高尾の南が雷を落とした。

「はっ」

かしらの命《めい》には逆らえない。二人の忍の卵は、血を流している仲間を引きずるようにして崖のほうへ連れて行った。

「落としたれ。狼どもが腹空かせてるさかいに」

裏伊賀のかしらが言う。

崖のほうから、背筋が凍るような狼の咆哮《ほうこう》が響いてきた。

「堪忍やで。堪忍や」

仲間を引きずりながら、忍の卵は泣きながらわびた。

もう一人は無言だ。顔からは血の気が失せている。

「落とせ」

高尾の南が命じた。

「堪忍せい」

「南無阿弥陀仏《なむあみだぶつ》」

仲間の手で谷へ突き落とされた忍の卵は絶叫を放った。

その断末魔の悲鳴は、ほどなく狼たちの咆哮でかき消された。

五

「どいつもこいつも役に立たん。もっと骨のあるもんをさろて来い」

高尾の南はそう言うと、髑髏盃《どくろはい》の酒を呑《の》み干した。

「このところは、みなに警戒されてしもて、たださらうだけでも難儀なんですわ」

今日は隠れ砦にいる人さらいの隊長が愚痴《ぐち》をこぼした。

「泣きごとを言わんと、ちゃんとさろてこんかい、あほだらが」

虫の居所が悪いかしらがまた雷を落とした。

「はっ、すんません」

人さらいの隊長は背筋を伸ばして一礼した。

「まあまあ、かしらのお子さんたちがまた成長してきましたし、砦に閉じこめて脳を洗ってるわらべもそろそろ使えまっしゃろ」

指南役の嘉助が取りなすように言った。

ほうぼうの里から苦労してさらってきたわらべは、天然の要害とも言うべき隠れ砦の牢《ろう》に幽閉される。そこで脳を洗い、裏伊賀の使命が唯一無二で、かしらの言うことが絶対に正しいと吹きこまれる。そういう段取りを経てから厳しい修行が始まるのが常だった。

「見どころのあるやつはおるんか」

高尾の南はそう言うと、また髑髏盃を口に運んだ。

「田舎《いなか》の相撲《すもう》取りのせがれが入ってます。軽業は荷が重いやろけど、力はありそうですわ」

嘉助は答えた。

「ほな、せいぜい鍛えたろ。……ん?」

裏伊賀のかしらはふと耳に手をやった。

「どないしはりました」

嘉助が問う。

高尾の南は答えず、やにわに部屋から外へ飛び出していった。

指南役と人さらいの隊長が追う。

七つ下がりの空はまだ茜《あかね》には染まっていない。鳥が数羽、互いに競い合うように飛んでいる。

裏伊賀のかしらは、ぐっとそちらのほうをにらんだ。

また声が聞こえてきた。

鋭敏な忍の耳にだけは届くかすかな声が風に乗って響いてきた。

何を言っているか分かった。

隠れ砦を統《す》べる者の形相《ぎょうそう》が変わった。

高尾の南の顔は、怒りで真っ赤に染まっていた。

第三章　砦《とりで》からの声

一

「降りてこんかい、高尾の南！」

鬼市は精一杯の声で叫《さけ》んだ。

「裏伊賀のかしらは腰抜けか。わいら討伐隊が怖いんか」

なおも大音声《だいおんじょう》で挑発する。

その手には、音拡げ器が握られていた。

近在の里に人さらいなどが出たとき、注意を喚起するために大然和尚が光背づくりの職人と相談しながらこしらえた道具だが、これまでは一度も使われることがなかった。

無理もない。裏伊賀を恐れて、近在の里からはことごとく人気《ひとけ》が絶えてしまったのだから。

そんな無用の長物と化していたものが、思わぬかたちで使用されることになった。裏伊賀のかしらを挑発するのだ。

麓《ふもと》から隠れ砦までかなり離れているが、常人離れをした忍の耳には届くはずだ。

「聞いてるか、腰抜け」

鬼市はなおも叫んだ。

「悔しかったら、ここまで下りてこい。わいらは逃げも隠れもせえへんで」

風も花も近くにいた。

「ちょっと貸してくれ」

討伐隊を率いる城田新兵衛が手を伸ばした。

「へい。なんぼでも言うたってください」

鬼市が音拡げ器を渡した。

「われこそは裏伊賀討伐隊長、城田新兵衛なり」

高らかに名乗りを挙げる。

「うぬらの悪行を天に代わりて裁くべく、精鋭を率いて江戸より参った。裏伊賀の命運、もはや尽きたと知れ」

新兵衛は高らかに言い放った。

「おいらもひと言」

今度は竹吉が引き締まった表情で前に出た。

「おう。言ってやれ」

新兵衛から竹吉に音拡げ器が移った。

「亡き兄、松吉の敵《かたき》……」

竹吉はそこで言葉に詰まった。

思いがあふれて声にならなくなってしまったのだ。

「気張れ」

大悟が声をかける。

一つうなずくと、竹吉は続けた。

「いまこそおいらが晴らしてやる。ほかの死んでいった者たちの恨《うら》みもだ。覚悟しやがれ、裏伊賀」

気のこもった声が放たれた。

「おまえたちはいいか」

城田新兵衛は良知大三郎と朝比奈源太郎を見た。

二人の剣士は互いに顔を見合わせてから首を横に振った。

「なら、代わりにわしもひと言」

明月院大悟が手を挙げた。

「悔しかったら、ここまで下りてこい。わしが槍《やり》で相手したるで」

槍の名手が音拡げ器で叫ぶ。

難儀な上りより、平地のいくさのほうが存分に自慢の槍を振るうことができる。

次に手を挙げたのは、田舎相撲《いなかずもう》の大関だった。

「おーい、熊吉！」

熊太郎はせがれの名を呼んだ。

「おとうが助けに行くからな。安心して待っとれ」

裏伊賀を挑発するという意図とは違ったが、だれも文句は言わなかった。子を思う父の気持ちが伝わってきたからだ。

「風と花はええか？」

鬼市が小声で問うた。

「おれはいい」

風が表情を変えずに答えた。

「うちも」

花も続く。

音拡げ器は、最後にまた鬼市の手に戻ってきた。

「もっと挑発してやれ」

城田新兵衛が言った。

「はい」

鬼市は息を整えると、また音拡げ器に口を当てた。

「聞いてるか、腰抜けの高尾の南」

精一杯の声で告げる。

「手下がやられても隠れ砦に籠《こも》ってるしか能がないんやな、裏伊賀のかしらは。わいらは逃げも隠れもせえへん。ここで待ってるさかいに、下りてこんかい、どあほが」

裏伊賀のかしらを罵倒《ばとう》する声は、風に乗って闇に響きわたった。

二

裏伊賀のかしらの形相《ぎようそう》が変わった。

目が真っ赤に染まる。

激怒に駆られている証《あかし》だ。

「抜《ぬ》け忍《にん》の分際で……あほだらがっ！」

怒りの声が響きわたった。

「出陣や。叩《たた》きつぶしたる。支度せい！」

高尾の南は大音声で言った。

「いまからですか」

指南役の嘉助が顔色を変えた。

「そや。麓《ふもと》まで来てるんやったら、山を下りて叩きつぶして終いや。わいが先陣や」

裏伊賀のかしらは勇んで言った。

「畏《おそ》れながら……」

隠れ砦でただ一人、かしらに意見ができる男だ。

「かしらはまだ本復されてまへん。ここはどうか無理をせんように」

嘉助は必死の面持ちで言った。

おのれの肉を切り取り、『那言《なこ》写本』に記されていた秘儀によって次々に分身を生じさせて息吹を吹きこんだ。仁王か阿修羅のごとくに盛り上がっていた肉は、すっかり殺《そ》ぎ取られてしまった。

杖《つえ》を頼りに歩く病人のようだった頃よりは旧に復してきたが、先陣を切って敵と戦うのは無謀のように思われた。

「ここは無理をするとこや。抜け忍どもをまとめて殺したる。討伐隊とやらも一緒や。討伐できるもんならやってみぃ」

隠れ砦に胴間声《どうまごえ》が響きわたった。

「ここは難攻不落の砦です。天然の要害ですさかいに、ここで迎え撃ったら負けるはずあらしまへん」

指南役が説き伏せにかかった。

「そのとおりです。ここで敵を迎え撃ちましょう」

鉄砲隊の隊長も言う。

「ぬるい」

裏伊賀のかしらは一言《いちごん》で斬って捨てた。

「これはいくさやで。向こうから仕掛けてきよったいくさや。怖《お》じ気《け》づいて砦に籠ってたりしたら、ええ物笑いや。そう思わへんか？」

その場に控えている者たちを見渡して、高尾の南は言った。

顔が似ている者がいくたりかいた。

かしらのせがれたちだ。

これまでも抜け忍退治の刺客として放ってきたが、まだ数が残っていた。

「ここが腕の振るいどきやで、おまえら」

高尾の南は続けた。

「歳の若いもんで手柄を挙げたら、十八になってのうても江戸へ行かしたろ」

裏伊賀のかしらはそう請け合った。

生きるか死ぬかの厳しい修行を乗り切り、十八になった者だけがひとかどの忍《しのび》として江戸へ赴くことができる。その期間を短くしてやろうというのだ。なかには目の色を変えた忍の卵もいた。

「ええか、おまえら」

高尾の南はさらににらみを利かせた。

「抜け忍はいちばんの敵や。もう二度と抜け忍が出んように、ずたずたにしたれ。みな叩きつぶしたれ。ええか？」

裏伊賀のかしらの瞳がさらに赤く染まった。

「おうっ」

手下たちがいっせいに答えた。

三

指南役の嘉助は鉄砲隊長の顔を見た。

これ以上は無理ですな……。

隊長の顔にはそう描いてあった。

嘉助が何とも言えない表情でうなずく。

さらに意見をしたら、わが身が危ない。かしらを諫《いさ》めようとしてあたら命を落とした者も過去にはいた。

もう一人、わらべさらいの隊長も砦に詰めている。近在の村からは人気が絶え、伊勢のほうもだいぶ警戒されるようになった。どのあたりを狙うか、あらかじめ作戦を立ててから動かなければ忍の卵を調達できないようになっていた。

「よっしゃ。兵隊を出すで」

高尾の南はばちーんと両手を打ち合わせた。

指南役が力なくうなずく。二人の隊長はあいまいな顔つきのままだった。

ほどなく、「兵隊」が隠れ砦に姿を現した。

かしらの分身たちだ。

どの目も真っ赤に染まっている。

分身だけあって、どれも筋骨隆々たる体つきだ。

「ええか、おのれら」

高尾の南は分身たちを睨《にら》みつけた。

「いよいよ決戦や。裏伊賀に歯向かうもんは根絶やしにしたらなあかん。皆殺しや。気ィ入れていけ」

裏伊賀のかしらの声にいちだんと力がこもった。

「抜け忍、覚悟！」

「抜け忍、覚悟！」

「抜け忍、覚悟！」

分身たちが叫ぶ。

その手にはすでに刀が握られていた。どの刀も大ぶりで刃が鋭い。膂力《りょりょく》にあふれていなければ使えない武器だ。

「おのれらは秘法によって生み出されたまぼろしみたいなもんや。ただし、ふわふわしたまぼろしやない。ちゃんとした実体がある。合戦場へ出たら、なんぼでも敵を殺《あや》めることができる」

裏伊賀のかしらが続けた。

「抜け忍、覚悟！」

「抜け忍、覚悟！」

「抜け忍、覚悟！」

分身たちは同じ言葉を発した。

「おのれらはわいの肉から生まれた分身や。力は申し分あらへん。そやけど、頭に脳《のう》味噌《みそ》が入ってへん。そこを思案でけへんださかいに、前のいくさではせっかく勝ちかけたのにとどめを刺せへんだ」

高尾の南は悔しそうに言った。

「抜け忍、覚悟！」

「抜け忍、覚悟！」

「抜け忍、覚悟！」

脳味噌の入っていない分身たちがむやみに同じ言葉を繰り返す。

刷りこまれた言葉がそれだけだから是非もない。

「えーい、やかましい」

おのれが分身たちにその言葉を刷りこんだのに、裏伊賀のかしらは癇癪《かんしゃく》を起して怒鳴った。

「おのれらの脳味噌の代わりはわいがやったる。前は肉を沢山《ようけ》切ったばっかりで行けへんだけどな。今度はちゃうで。いざとなったら、わいも戦える」

高尾の南はおのれの太腿《ふともも》をばしーんと手でたたいた。

「くれぐれも、先頭に立ったりはせんといてください、かしら」

指南役の嘉助が精一杯の声で言った。

「分かってるわい」

高尾の南はすぐさま答えた。

「わいかて、刀を振ってみたら分かる。胸と肩の肉まで切ってこいつらをつくったんやさかい。前みたいな一騎当千っちゅうわけにはいかへん」

裏伊賀のかしらは分身たちを手で示した。

「抜け忍、覚悟！」

「抜け忍、覚悟！」

「やかましいって言うてるやろ、あほんだら」

話の流れが読めない分身たちを、かしらは一喝した。

「先陣はこいつらに切らせる。おそれを知らん分身隊やさかいにな。ほかの兵隊も鉄砲隊もいる。まずはそいつらのお手並み拝見や」

高尾の南の目は相変わらず赤いままだった。

「かしらはしんがりにでんと構えといてください」

嘉助が言う。

出陣はもはや止められないが、せめてその構えだけは崩してもらいたくなかった。

「おう。いざとなったら、力勝負とちゃうやつも使えるさかいにな」

裏伊賀のかしらは嫌な笑みを浮かべた。

「かしらはあらゆる道に通じてはりますからな」

指南役が持ち上げる。

「目にものを見せたるわ」

隠れ砦の西の空が赤く染まってきた。

まるでかしらの瞳のようだ。

「よっしゃ、行くで。支度せい！」

高尾の南が大音声《だいおんじょう》を発した。

「おう！」

兵がいっせいに右手を挙げた。

四

「来るで」

鬼市が耳に手をやった。

間違いない。

裏伊賀のかしらの声が響いた。

「うちも聞こえた」

花も言った。

口こそ開かないが、風もうなずいた。

忍の耳なら聞き取ることができる声だ。

「よし」

城田新兵衛が両手を打ち鳴らした。

いままで漫然と待っていたわけではない。敵を迎え撃つ陣立てはどうすればいいか。どのやり方が最善か。熱を入れた議論をしていた。

「さっそく持ち場に就こう」

討伐隊の隊長が言った。

「わいらは前線や。飛び道具も使《つこ》て、なるたけ沢山《ようけ》敵を倒したる」

鬼市が引き締まった表情で言った。

山を下りてくるとき、狭い岩場を通る。敵も一列でなければ通れない。桶狭間《おけはざま》の戦いを引き合いに出すまでもなく、ここが第一の攻めどころだ。

「無理ないくさはするな。おれらが後ろに控えているゆえ」

新兵衛がクギを刺した。

「へい、承知で」

鬼市は撃てば響くように答えた。

「出番を残しといてくれ」

槍を手にした明月院大悟の髭面《ひげづら》が崩れた。

「分かってます」

鬼市も笑みを返した。

「われらは平地のほうが剣を振るいやすいゆえ」

師範代の良知大三郎が刀の柄をぽんと手でたたいた。

「腕が鳴りまする」

朝比奈源太郎も和す。

「おいらも気張ってやりまさ。兄ちゃんの弔《とむら》い合戦なんで」

竹吉の表情が引き締まった。

「熊吉を取り戻すには、まずここで勝たんと」

熊太郎も気合を入れる。

かくして、討伐隊の備えは整った。

「よし、では、分かれて持ち場に就け」

討伐隊長が言った。

「おう！」

隊員たちの声がそろった。

五

西の空が茜《あかね》に染まってきた。

その濃い西日を浴びたものが、軋《きし》み音《ね》を立てながらゆっくりと動きだした。

跳ね橋だ。

ほどなく、大きな音を立てて跳ね橋が下りた。

下には切っ先が尖った杭がびっしりと据えられている。落ちたらたちどころに串刺《くしざ》しになるが、跳ね橋が下りていれば安んじて渡ることができる。

「よし」

高尾の南が太腿を叩いた。

「出陣や。一人残らず皆殺しにしたれ」

裏伊賀のかしらの声が響きわたった。

「抜け忍、覚悟!」

「抜け忍、覚悟!」

「抜け忍、覚悟!」

分身たちが答える。

「先陣はわれらが」

「お任せあれ」

かしらの息子たちが前へ進み出た。

父と同じく、真っ赤な目をしている。

こちらは分身をつくっていないから、どれも筋骨隆々たる体つきだ。長い忍び刀を背負い、鎖鎌《くさりがま》や手裏剣なども装着している。動く兵器の趣だ。

「鉄砲隊もいざ」

隊長が言った。

一発撃ったら後ろに回り、次の弾をこめる。そうすれば、さほど間を置かずに攻撃を続けることができる。

「おう」

「行くぞ」

銃を手にした数名の鉄砲隊が続いた。

「よし、行け。首を刈ってこい」

高尾の南が言った。

「抜け忍、覚悟！」

「抜け忍、覚悟！」

「抜け忍、覚悟！」

早くも抜刀した分身たちが隠れ砦を出た。

「遅れるな」

「ここが働きどきや」

「手柄を挙げたら江戸行きやで」

若い忍の卵たちが勇んで言った。

このいくさで手柄を挙げれば、十八に歳が足りなくても江戸へ行ける。それを思うと、おのずと気合が入った。

最後に、かしらが動いた。

「わいがいちばん後ろから見てるで。気張ってやれ」

高尾の南が叱咤した。

「おう」

「覚悟せい」

隠れ砦を出た者たちは、夕焼けの山をいっさんに下っていった。

第四章　攻防戦開始

一

走る、走る。

忍《しのび》が走る。

鬼市、風、花。

三人の忍が走る。

そのうしろから、竹吉が懸命に追っていた。

元十手《じって》持ちも先陣に加わるわけではない。最初に敵を迎え撃つのはあくまでも三人の忍だ。

竹吉はつなぎ役だった。忍たちの戦いぶりをいくらか離れた後方から見守り、機を見て後方の本隊につなぐ役どころだ。

ほかの討伐隊は平地に陣取った。

ここは焦ってはならない。敵を対等に戦える平地に下りてくるまで待つのが兵法だ。

「いざというときに、お経を忘れるな」

討伐隊長の城田新兵衛が言った。

その手首には、しっかりと数珠《じゅず》が巻かれていた。

大然和尚の寺でまた銘々に渡された数珠だ。怪しの者が現れたなら、み仏の力にも頼り、少しでもその力を殺《そ》ぎながら迎え撃つ。

「阿《あ》！」

良知大三郎が声を発した。

「色不異空《しきふいくう》、空不異色《くうふいしき》……」

「色即是空《しきそくぜくう》、空即是色《くうそくぜしき》……」

声が返る。

「吽《うん》！」

今度は朝比奈源太郎の声が響いた。

「無眼耳鼻舌身意《むげんにびぜつしんに》」

大悟が両手を合わせて応えた。

その後も稽古《けいこ》が続いた。

熊太郎も神妙な面持ちだ。

「敵はいくたりいるか分からぬ」

新兵衛が言った。

「怪しの者もいれば、隠れ砦で養成されていた忍の卵もいるだろう。かしらが自ら打って出て来るやもしれぬ。厳しいいくさになるぞ」

討伐隊の隊長の声に力がこもった。

「一人でいくたりもやっつけねばな」

大悟が言った。

「三人の忍が敵の数を減らしてくれるとは思うが、さしものあやつらでも楯《たて》にはなれるまい。かなりの数の敵がここへ下りてくる。心してかかれ」

新兵衛が一同を見渡して言った。

「おうっ」

討伐隊員たちの声がそろった。

二

鬼市は風を感じた。

冷たい風が身を刺す。まるで見えない棘《とげ》が宙を舞っているかのようだ。

だんだん暗くなってきたが、忍の目をもってすればまだ大丈夫だ。岩場に足をかけ、滑るように進んでいく。

「あっ」

うしろで声が響いた。

花がうっかり足を滑らせかけたのだ。

「気ィつけい」

鬼市は厳しい口調で言った。

花がうなずいて続く。

風は一人だけ違う場所を進んでいた。隻腕ゆえ、岩場を上るのは苦労するかと思いきや、強靱《きょうじん》な足腰を活かして跳ぶがごとくに進んでいる。さすがの身のこなしだ。

一歩進むごとに裏伊賀に近づく。

いよいよ最後の決戦だ。

鬼市の脳裏にさまざまな場面が浮かんだ。

おのれの手で殺《あや》めてしまった鳥丸、その屈託のない笑顔、親友のむくろを蹴《け》り落とした崖《がけ》、崖から逃げたときに襲ってきた狼《おおかみ》の顔……。

いろいろな場面が切れぎれによみがえってくる。

「来たぞ」

高いところを走る風が言った。

行く手に松が見えた。

曲がりくねった松だ。

岩場にしがみつくように生えているその木の先は、切り立ったはげ山が続く。

道も細くなる。険しい上りの道だ。

その道の先に隠《かく》れ砦《とりで》がある。

裏伊賀のねぐらだ。

そこから初めの敵が下りてきた。

銃声が響いた。

先陣を切ってきたのは、裏伊賀の鉄砲隊だった。

三

「うっ」

鬼市は思わず首をすくめた。

弾丸が髷《まげ》をかすめて飛んでいったのだ。

すぐさま次の銃声が響いた。

「ひるむな」

風が叱咤《しった》した。

「おう」

鬼市は手裏剣を抜いた。

花の息遣《いきづか》いが聞こえた。斜めうしろにいる。

「一撃で斃《たお》せ」

鬼市はくノ一に言った。

「はい」

打てば響くように、花が答えた。

その声に少し遅れて、また銃声が響いた。

見えた。

敵は代わるがわるに弾をこめ、狙いを定めて銃撃を仕掛けていた。

それだけではない。

縦一列に並んだ銃撃隊の横から、狭いところを縫うようにして敵が剣をかざしながら攻めこんできた。

「抜《ぬ》け忍《にん》、覚悟！」

先頭の敵が大ぶりの忍び刀を振りかざしながら突進してくる。

鬼市は見た。

その目は真っ赤に染まっていた。あたりは闇に包まれだしているが、敵の目の赤は鮮やかだった。

ほどなく顔も見えた。

鬼市は思わず眉根《まゆね》を寄せた。

その顔は、苦い思い出しかない裏伊賀のかしらに生き写しだった。

分身だ。

「抜け忍、覚悟！」

次の敵も現れた。

次から次へと、同じ顔をした敵が刀を振りかざしながら攻めこんでくる。

「ぎゃっ」

初めの敵が悲鳴をあげた。

その右目には、手裏剣が深々と突き刺さっていた。

風が放ったのだ。

見通しのいい岩場に陣取った隻腕の抜け忍は、狙いを定めてその手を一閃《いっせん》させた。

手裏剣は過《あやま》たず敵の目を貫いた。

手裏剣の先には毒も塗られている。ひとたび命中すれば命はない。たとえ即死を免れても、毒が全身に回って死ぬ。

「抜け忍、覚悟！」

次の敵が襲ってきた。

目の前で仲間が斃れても、いささかもひるむ様子はなかった。

敵が人間であれば、恐れも感じる。ひるんだ隙《すき》を突くこともできる。

だが……。

剣を振りかざしながら襲ってきたのは、あいにく人間ではなかった。

裏伊賀のかしらの分身だ。

脳を持たないから、恐れを感じることもない。いささかも躊躇《ちゅうちょ》せず、剣を思うさま振り下ろしてくる。

お経を唱えれば分身の動きは緩慢になる。

それは分かっていたが、そんな暇《いとま》はない。

鬼市は断を下した。

一瞬の判断の遅れが命取りになる。

ここは受けるしかない。

鬼市は正面から受けた。

「うっ」

思わずうめき声がもれた。

頭の芯《しん》も、背筋も痺《しび》れるような一撃だった。

鬼市は耐えた。

全身全霊を集中させて耐えた。

「抜け忍、覚悟！」

同じ言葉を刷りこまれた分身がさらに力をこめる。

じりっ、と鬼市はうしろに下がった。

敵の力に圧《お》されたのだ。

分身はたくさんいる。敵はその一人にすぎないのに、鬼市は早くも苦戦を余儀なくされた。

正面からまともに力を受けてはいけない。こちらが消耗してやられてしまう。

いざ剣を受けてみて、鬼市はそう悟った。

とにもかくにも、この敵を斃すしかない。

裏伊賀を討伐するには、目の前の敵を一人ずつ斃していくしかないのだ。

鬼市は一歩下がり、体勢を整えようとした。

だが……。

そこに落とし穴があった。

石が転がっていたのだ。

鬼市がちょうど体重をかけようとしたところに、予期せぬ石があった。岩に近い大きな石だ。

忍の体が、ふわりと宙に浮いた。

悲鳴も放たれなかった。声をあげる余裕すらなかったのだ。

「抜け忍、覚悟！」

あお向けに倒れた鬼市めがけて、剣が鋭く振り下ろされてきた。

四

「ぎゃっ」
いくさ場に悲鳴が響いた。
死に至る傷を受けたことがすぐさま分かる声だった。
しかし……。
その声を発したのは鬼市ではなかった。
抜け忍に一撃を加えようとした敵だった。
かしらの分身の額に、手裏剣が突き刺さっていた。
額がぱっくりと割れている。
「えいっ」
鬼市は両足をそろえ、下から蹴り上げた。
柔《やわ》ら術の巴投《ともえな》げの要領だ。

深手を負った敵の体が宙に舞い、岩場に叩きつけられた。
ぐしゃっ、と頭が割れる。
もう悲鳴は放たれなかった。
裏伊賀のかしらの分身は、二、三度身を震わせて動かなくなった。
「抜け忍、覚悟!」
次の敵が襲ってきた。
鬼市は素早く体勢を整え、まず身をかわした。
敵の刀が宙を切る。
「すまん」
鬼市は声を発した。
いくらか離れたところで、手裏剣を構えている者がいた。
花だ。
鬼市の間一髪の危機を救ってくれたのは、仲間のくノ一だった。
だが……。
そちらのほうへ、分身が二人、いっさんに進んでいった。
「抜け忍、覚悟!」

「抜け忍、覚悟！」
同時に剣を抜き、花に迫る。
あかん……。
鬼市は果断に動いた。
今度はおのれが花を助ける番だ。
風は岩場で敵と相対していた。
剣が触れ合う乾いた音が響く。
助っ人を頼むわけにはいかない。
「待て」
鬼市は分身の一人に追いすがった。
振り向いたところを、うしろから斬る。
「ぎゃっ」
分身は悲鳴をあげた。
どろりとしたものが飛び出る。
脳が入っていない分身には、その代わりにえたいの知れないものが詰まっていた。
飛び散ると悪臭がする。

獣や貝などの腐臭を彷彿《ほうふつ》させる耐えがたい臭いだ。
鬼市は構わず、とどめを刺した。
一人目の分身が斃れた。
残るもう一人の剣を、花が必死にかわしていた。
「こっちや」
鬼市は分身に声をかけた。
敵が振り向く。
あと少しで斬られそうだった花は、あやうく体勢を整え直した。
「抜け忍、覚悟!」
敵は鬼市を標的に替えた。
花にとどめを刺す。
あるいは、人質にする。
そんな知恵を巡らせる脳が、分身には備わっていなかった。
膂力《りょりょく》にあふれてはいるが、ただやみくもに襲ってくるばかりだ。

その弱点を、鬼市は見切っていた。
「ぬんっ」
鬼市はやにわに身をかがめた。
抜け忍の首を刎《は》ねるべく、横ざまに振られた敵の剣が宙を切る。
いまだ。
鬼市は剣を構え、分身の肺腑《はいふ》をえぐった。
「ぐえええええっ」
血まみれのねばねばしたものを吐きながら、敵は絶叫した。
体《たい》が離れた。
間合いを計り、鬼市は次の剣を放った。
手ごたえがあった。
分身の首は宙に舞い、岩場にぼとりと落ちて動かなくなった。

五

敵は次々に現れた。

銃声も思い出したように響く。
あたりはずいぶん暗くなってきた。
火が見える。
松明《たいまつ》だ。
かしらの分身ではない敵は、松明をかざしながら攻めこんできた。
「うっ」
鬼市は思わず首をすくめた。
鋭く放たれてきたものがあった。
矢だ。
敵の数は多い。松明をかざす者と、攻撃を仕掛ける者。役割を心得て攻めてくる。
「阿！」
薄闇に声が響いた。
風の声だ。
相対する分身をもてあましたのかもしれない。
「色不異空、空不異色、色即是……」
鬼市は懸命に経を発した。

だが……。
最後まで唱えられることはなかった。
また銃声が響いた。
弾丸は鬼市の腕をかすめた。
貫かれたわけではないが、傷を負った。痛みで分かる。
「危ない」
花の声が響いた。
いつのまにか、背後から敵が迫っていた。
「抜け忍、覚悟」という声が響かなかったから気づくのが遅れた。
振り向くと、襲ってきたのはかしらの分身ではなかった。
顔は似ているが、怪しの者ではなかった。
かしらの息子だ。
「死ねっ」
忍び刀が振り下ろされてきた。
かわすことはできない。
鬼市は受けた。

がんっ、と鈍い音が響く。

銃撃を受けた腕がうずいた。頭の芯にまで痛みが走る。

「そろそろ退《ひ》けっ」

風の声が響いた。

手裏剣と忍び刀でいくたりも斃したが、三人の忍だけではかぎりがある。そもそも、敵を平地におびき寄せて戦う段取りだ。深追いをしてはならない。

風はそう断を下した。

しかし……。

鬼市も花もすぐには退けなかった。

振り下ろされてきた敵の剣を、鬼市はがしっと受けた。

花は素早く位置を変え、手裏剣を打てる角度を探した。

うかつには打てない。敵と鬼市の動きが止まらなければ、狙いを定めることができなかった。

暗くなった岩場で、花は懸命に機をうかがった。

そのせいで、気づくのが遅れた。

背後から一人、敵が近づいていた。

「花！」
風が叫んだ。
くノ一はとっさに身を動かした。
うしろへとんぼを切ったのだ。
敵の剣をかわせるとすれば、その動きしかなかった。
間一髪だ。
風は素早く間合いを詰めた。
隻腕の剣が一閃する。
敵の首は物の見事に胴から離れ、ぼとりと岩場に落ちた。
胴から血が噴き出す。
分身ではなかった。かしらの息子の一人だ。
少し遅れて胴も倒れた。
敵の胴と首は、少し離れたところで動かなくなった。

六

「てえいっ」

鬼市はようやく敵を払いのけた。

かしらの子は父親ゆずりの途方もない力だ。剣を受け、持ちこたえるだけで精一杯だった。

だが、体は離れた。

「ぐわっ」

鬼市に向かってまた剣を振るおうとした敵がのけぞった。

狙いすました花の手裏剣が命中したのだ。

こめかみに深々と突き刺さっている。

致命傷だ。ほどなく毒が回って死ぬだろう。

「麓《ふもと》まで退くぞ」

風が叫んだ。

「おう」

鬼市は短く答えた。

「急いで」

逃げながら花が言った。

「抜け忍、覚悟！」

「抜け忍、覚悟！」

分身の数はまだ多かった。

恐れを知らぬ敵が、やみくもに襲ってくる。

「お経を唱えて迎え撃つか」

足を動かしながら、鬼市が問うた。

「いや、仲間が待つ平地まで」

風は口早に答えた。

「よっしゃ」

花も逃げていることをしっかりと確認して、鬼市は答えた。

「逃すな、追え」

敵の声が響いた。

「首を取って、江戸行きや」

「やったれ、やったれ」

若い忍の卵たちがわめく。

何人かは斃したが、山から下りてくる敵には勢いがあった。

ここで無理はできない。

鬼市の行く手に赤いものが見えた。

松明だ。


あれはつなぎ役の竹吉はんや。

このままやと危ない。

敵が襲《おそ》てくる。


鬼市は瞬時にそう悟った。

「竹吉はーん」

精一杯の声で叫ぶ。

「敵や！　早《は》よ本陣へ戻れ」

鬼市は口早に言った。

「急げ！　もう来るぞ」

颪も怒鳴る。

その声は竹吉にも届いた。

ごつごつした岩だらけの山に声が谺《こだま》する。


抜け忍、覚悟……

抜け忍、覚悟……

抜け忍、覚悟……


分身たちの声が幾重にも重なって響いてきた。

まるで大軍勢の声のようだ。

兄の敵を討つべく、まずはつなぎ役を買って出た竹吉の顔から血の気が引いた。

「まずい」

十手持ちはきびすを返した。

そして、仲間のもとへといっさんに駆け戻っていった。

第五章　高尾の戦い

一

「あの声は……」

城田新兵衛が耳に手をやった。

「竹吉だな」

明月院大悟が言った。

少し遅れて声が響いてきた。

敵だ。

敵が山を下りてくるぞ……。

急を告げる竹吉の声がたしかに聞こえた。

「手はずどおり、二手に分かれるぞ」

討伐隊のかしらが言った。

「承知で」

「われらは右手へ」

良知大三郎と朝比奈源太郎、二人の剣士がすぐさま動いた。

討伐隊がいる高尾の里は、隠《かく》れ砦《とりで》の麓《ふもと》にある。山に比べれば平地だが、だだっ広い野が広がっているわけではない。平らなところは山を下りてきた四つ辻《つじ》のあたりだけで、あとはどこも坂道だった。

四つ辻の右手はなだらかな坂道になっている。人家が現れるまでに松の木がある。その陰に身を隠し、いくらか高いところから様子をうかがうことができた。

あたりはすっかり暗くなった。さすがに松明《たいまつ》をかざしながら戦うことはできないが、敵が近づくまでそこで機をうかがうことができる。

「こっちは左だ」

槍《やり》を手にした大悟が言った。

「おう」

熊太郎が続く。

田舎相撲《いなかずもう》の大関は鍬《くわ》を手にしていた。普段からそれで田畑を耕している。怪力に物を言わせて振り回せば、鍬も充分な武器になる。

「来たぞ。敵だ」

竹吉が息せき切って告げた。

「おう、これを」

新兵衛が木刀を渡した。

「すんません」

元十手《じって》持ちが受け取った。

いままではつなぎ役だったから、武器は手にしていなかった。捕り物の心得はあるから、力になるはずだ。

「おっ」

新兵衛が夜空を見上げた。

雲が切れ、だしぬけに月あかりが差しこんできたのだ。

「いいぞ。敵が見える」

半ばおのれを鼓舞するように、討伐隊のかしらが言った。

ほどなく、こちらへ駆けてくる人影が見えた。

敵ではなかった。

高尾の里に姿を現したのは、三人の忍だった。

二

「お経の備えを」

先頭を走りながら、鬼市は言った。

「すぐ来ます」

花も口早に告げた。

「飛び道具もあるぞ」

風が最後に叫《さけ》んだ。

その声に応えるかのように、銃声が響いた。

鉄砲隊はまだ無傷だ。弾もあるらしい。

鬼市の傷がまたうずいた。走りながらあらためると、血はまだ止まってはいなかった。

どこかで布巻きをしたいところだが、そんな余裕はない。

「抜《ぬ》け忍《にん》、覚悟！」

「抜け忍、覚悟！」

分身たちの声が迫る。

そのはるか後方から、べつの声が響いてきた。

忍の耳は、たしかに聞き取ることができた。

行ったれ、やったれ。

皆殺しや。

一人残らず殺してまえ。

かしらの声だ。

裏伊賀軍のしんがりから、かしらも戦場に出てきている。

「かしらも出てきた。勝てるで。我慢して押し返したら勝ちや」

半ばはおのれに言い聞かせるように、鬼市は言った。

四つ辻が迫った。

「おう」

かしらの新兵衛の姿が見えた。

「ここで迎え撃て。両側から勢いをつけて挟み撃ちだ」

討伐隊長が左右に分かれた味方に告げた。

「承知で」

右手の坂のほうから大三郎が答えた。

「ここが勝敗の分かれ目だで」

左手からは大悟の声が響く。

また銃声が響いた。

高尾の里で、いままさに両軍入り乱れてのいくさが始まろうとしていた。

三

「阿《あ》！」

新兵衛が鋭く叫《さけ》んだ。

「色不異空《しきふいくう》、空不異色《くうふいしき》」

「色即是空《しきそくぜくう》、空即是色《くうそくぜしき》」

大三郎と源太郎、二人の剣士が四つ辻の右手の坂を駆け下りながら応じた。

「叶！」

「無眼耳鼻舌身意《むげんにびぜっしんに》」

左手からは大悟と熊太郎が突っ込んできた。竹吉も加わっている。

敵の形相《ぎょうそう》が変わった。

裏伊賀のかしらの分身、その存在の芯《しん》に楔《くさび》を打つお経だ。

おまえたちは生身の人間ではない。

この世に存在を許される者ではない。

動くな。

たちどころに消え失せよ。

そう一喝しているのと変わりがなかった。

分身の動きはにわかに弱まった。

振り下ろされてきた剣が急に鈍り、目が虚ろになる。

討伐隊は勢いを得た。

「てぃっ」

新兵衛の剣が一閃《いっせん》した。

分身の首が飛ぶ。

胴体からねばねばした液体が飛び出し、あたりに悪臭が漂った。

「右や」

鬼市が叫んだ。

大悟がはっとして槍《やり》を構えた。

月あかりのなかに敵が見えた。

敵はかしらの分身だけではない。かしらの息子もいれば、忍の卵たちもいる。鉄砲隊もいる。

闇の中から浮かびあがった敵は鉄砲を構えていた。

いまにも火を噴く。

槍の名手は躊躇《ちゅうちょ》した。いま突っ込んでも槍は届かない。敵の標的になるだけだ。

南無三《なむさん》、これまでか。

そう覚悟したとき、異変が起きた。
「ぐわっ」
敵がやにわに声をあげたのだ。
銃声が轟《とどろ》いた。
だが……。
それは闇空に向けて虚しく放たれただけだった。
いまだ。
大悟の槍が動いた。
身の重みを乗せた槍は、鉄砲隊の一人に深々と突き刺さった。
その額には、手裏剣が突き刺さっていた。
あわやというところで鬼市が放ったのだ。
「ぐえっ」
槍に肺腑《はいふ》をえぐられた敵は両ひざをついた。
ほかの敵と戦っていた風が、いったん間合いを置いて加勢に来た。
「ぬんっ」
隻腕の抜け忍の剣が一閃する。

鉄砲隊の一人は、たちどころに絶命した。

四

討伐隊は敵を左右から挟み撃ちにした。

山を下り、やみくもに突進してきた裏伊賀隊はにわかに混乱した。

ことに、かしらの分身には知恵がない。

「抜け忍、覚悟！」

そう叫びながら振り回した剣が味方を斬ることまであった。

闇が濃くなったせいで、鉄砲隊も半ば立ち往生していた。

狙いが定まらないのだ。

「どこや。見えへん」

「しっかり狙え」

隊長が大声で言う。

「ええい、撃ったれ」

適当な狙いで撃つ。

鉄砲が火が噴いたのはいいものの、いい加減な狙撃だ。あろうことか、弾丸が味方を貫くことまであった。

しかし、それがかえって剣呑《けんのん》だった。なまじ狙わないほうが当たることもある。現に鬼市は早々と傷を負ってしまった。

「鉄砲隊を斃《たお》せ。あとちょっとや」

仲間の忍に向かって、鬼市は言った。

「おう」

風がすかさず動いた。

鉄砲を持つ敵の姿はほかの者より分かりやすい。乏しい月あかりでも、忍の目には充分だ。

「ぎゃっ」

悲鳴があがった。

風の手裏剣が命中したのだ。

「えいっ」

花も続く。

無駄な力がこもっていない美しい手さばきだ。

手裏剣を打たれた拍子に銃が暴発した。

今度の敵は悲鳴を放たなかった。

おのれが放った弾丸を顔面に受け、すでに絶命していた。

五

分身隊は着実に数が減っていた。

それでも、恐れを知らぬ者たちがひるむことはなかった。

討伐隊の姿を見かけるや、いっさんに間合いを詰めて剣をふるってくる。

「抜け忍、覚悟！」

「抜け忍、覚悟！」

そう言いながら、分身たちが立ち向かっていったのは、熊太郎と竹吉だった。

抜け忍ではない者たちにも、同じ言葉を投げつけ、力まかせに剣を振るってくる。

剣呑な敵だ。

がんっ、と鈍い音が響いた。

熊太郎の鍬が剣を迎え撃ったのだ。

息子の熊吉をさらっていった憎き敵の一人だ。熊太郎の振るう鍬には魂の重みが乗っていた。

「無眼耳鼻舌身意」

般若心経の一節を唱え、竹吉も木刀を振るう。

しかし……。

剣が相手ではいかにも分が悪かった。木刀はたちまち斜めに切り落とされた。

それでも竹吉はひるまなかった。

「兄ちゃんの敵、思い知れ」

図らずも切っ先が尖《とが》った木刀を敵の胸に突き立てる。

それは分身ではなかった。

忍の卵の一人だった。

「ぐえええっ」

心の臓に一撃を食った敵は、口から血を吐いた。

がっくりとひざをつく。

「加勢するで」

分身をまた一人斃してから、鬼市が駆けつけた。

忍び刀が一閃する。

いくさで手柄を挙げ、江戸へ行くつもりだった忍の卵の首が飛んだ。

暗い地面にぼとりと落ちる。

抜け忍の首を取り、江戸へ行こうとしていた若者は、隠れ砦からいくらも離れていない高尾の里で絶命した。

六

夜鳥《よどり》が鳴いている。

闇空を舞う鳥の姿を、たまさか月あかりが照らす。

高尾の里でわずかに開けた四つ辻の界隈で、その後も激しい攻防戦が続いた。

「死ねっ」

新兵衛が剣を振り下ろした。

分身の顔が真っ二つに裂ける。それでもまだ四肢は動いていた。半ば割かれながらも剣を振るってくる。

「うっ」

うめき声を発したのは、朝比奈源太郎だった。

敵の忍の卵が手裏剣を放ったのだ。

「おのれっ」

頭部に刺さった手裏剣を抜いて投げつけると、源太郎は敵のもとへいっさんに走って斬りかかった。

怒りの剣が振り下ろされる。

気合に圧《お》された忍の卵は、剣こそ受けたが体勢を崩してあお向けに倒れた。

「ぬんっ」

源太郎は二の太刀を振り下ろした。

それは過《あやま》たず心の臓に突き刺されていた。

「ぐえええええっ」

断末魔の叫びが放たれた。

忍の卵が江戸に出る夢はそこで途切れた。

「大丈夫か、源太郎」

遠からぬところで敵と戦っていた良知大三郎が声をかけた。

源太郎はすぐ返事をしなかった。

手裏剣の傷は決して浅くはなかった。

しかも……。

次の敵はもう目睫《もくしょう》の間《かん》に迫っていた。

「抜け忍、覚悟！」

頭に脳味噌《のうみそ》が入っていない分身どもだ。

その剣が振るわれる。

初めの分身の剣は受けきれた。

だが……。

次の敵の剣はかわすことができなかった。

無理もない。

二番目の分身の剣は、敵味方の見境がなかった。やみくもに振り下ろされた剣は、その前の分身の首を斬り落とし、源太郎の体にめりこんで止まった。

「抜け忍、覚悟！」

分身の声がひときわ高くなる。

「不覚なり」

源太郎はしゃがれた声で言った。

どうにか体《たい》を離したものの、傷は深かった。

手裏剣と剣、二度にわたって敵の攻撃を受けた源太郎は、四つ辻でがっくりとひざをついた。

「源太郎！」

大三郎が叫ぶ。

「いかがした」

急を察した新兵衛が鋭く問うた。

「あかん」

鬼市も源太郎の危難を察知した。

その前に鉄砲隊の生き残りが立ちはだかり、銃を構えた。

鬼市はとっさにその場にしゃがんだ。

敵の目には、消えたように見えただろう。

次の刹那《せつな》、鬼市は短刀を抜いて前へ躍り出た。

銃が火を噴く一瞬前に、短剣は鉄砲隊員の肺腑《はいふ》をえぐっていた。

弾は空しく闇の中へ消えていった。

七

「源太郎さま！」

鬼市が真っ先に助けに向かった。

だが、遅かった。

源太郎はもう虫の息だった。

「しっかりいたせ」

新兵衛も駆け寄って声をかけた。

四つ辻で両ひざをついた源太郎は力なく首を横に振った。

嫌な咳《せき》をする。

「源太郎、死ぬでない」

ともに道場で腕を磨いてきた大三郎が必死の面持ちで言った。

「世話に、なった」

のどの奥から絞り出すように、源太郎は言った。

それが最後の言葉になった。

「しっかりせよ」

新兵衛が重ねて言った。

だが……。

源太郎はもう答えなかった。

討伐隊の一翼を担《にな》っていた剣士は、がっくりとうなだれた。

「源太郎！　源太郎！」

大三郎が肩をつかんで激しく揺さぶる。

「源太郎さまっ」

鬼市も叫ぶ。

しかし、返事はなかった。

朝比奈源太郎は、高尾の里の四つ辻で死んだ。

「抜け忍、覚悟！」

またしても分身が襲ってきた。

悲しんでいる場合ではなかった。

まだいくさは始まったばかりだ。

「おのれっ」

大三郎が剣を構えた。

友の敵だ。

成敗してくれる。

剣を握る手に力がこもる。

大三郎は正面から斬りこんだ。

「てやっ」

気合一閃、怒りの剣は敵の顔を真っ二つに切り裂いた。

「ぐわっ」

分身が斃れる。

その後方にもう一人いた。

「思い知れ」

これも一撃で斃した。

「よし、攻めこめ」

討伐隊長の声が響いた。

「おう」

大三郎が答える。

「行くぞ」

少し離れたところからも声が響いた。

大悟だ。

「よっしゃ」

熊太郎が応じた。

源太郎を失った討伐隊は、俄然《がぜん》、反攻に転じた。

八

「あほっ。おめおめと帰ってきよって」

高尾の南が嚙《か》みつくように言った。

敵陣の最後方だ。

「弾が尽きてきました。暗《くろ》うなってきて狙いも定まりまへんので」

ここまで退却してきた鉄砲隊長が弁解した。

「ほかのやつはどないした」

裏伊賀のかしらが訊《き》く。

「おおかたやられてしもたんやないかと」

鉄砲隊長は伝えた。

「どあほがっ」

高尾の南は大股で近づき、激しい平手打ちを喰《く》らわせた。

ばちーん、と高い音が響く。

「おまえらには任せとけん。わいらの出番や」

いままで戦況を見守っていた裏伊賀のかしらが言った。

「へいっ」

よく似た顔の男が答えた。

あまたいるかしらのせがれのなかでも、ひときわ獰猛《どうもう》な男だ。

「ここにおってもしゃあない。頼りないもんには任せとけん。下りていって、皆殺しにしたれ、虎太郎《こたろう》」

裏伊賀のかしらが言った。

「合点で」

虎太郎と呼ばれた若者の目が真っ赤に染まった。

「わしもうずうずしておった。これでようやく人が斬れる」

抜きん出た長身の剣士が前へ進み出た。

「存分に斬ってくれ」

高尾の南が言った。

「おう」

かしらの護衛のために控えていた男が野太い声で答えた。

裏伊賀の隠れ砦には、諸国から流れてきた武芸者もいた。黒幕の鳥居耀蔵がひそかに調達したいずれ劣らぬ腕自慢だ。

長身の武芸者は、十文字一刀《じゅうもんじいっとう》という。生涯不敗を誇る恐るべき遣《つか》い手《て》だ。そのとっておきの用心棒がいよいよこれから動く。

「よっしゃ、行くで」

高尾の南が言った。

杖《つえ》を動かし、前へ進む。

ただの杖ではない。特別にあつらえた金剛杖《こんごうづえ》だ。先端にはおぞましい双頭の蛇があしらわれている。かなりの重さだから武器にもなる。

わが身の肉を限界に至るまで切り、多数の分身を生ぜしめた。その反動から回復しきってはいないが、是非もない。これはいくさだ。

かしらを止める者はここにはいなかった。

指南役の嘉助は隠れ砦の留守居役《るすいやく》だ。合戦場では先頭に立たず、いちばんうしろに控えるようにと意見をしてから見送ったが、もはやここまでだ。

裏伊賀のかしらは、ついに堪忍袋の緒を切った。

もうだれにも止められない。

「おう」

かしらの声に、付き従っていた者たちが応えた。

かくして、敵陣の最後方が動いた。

ここから先は、全軍入り乱れてのいくさだ。

第六章　それぞれの窮地

一

「攻めこめ！」

城田新兵衛の声が響いた。

「よっしゃ」

鬼市が勇んで真っ先に答えた。

その目の前にぬっと敵が現れた。

「抜《ぬ》け忍《にん》、覚悟！」

数が少なくなった裏伊賀のかしらの分身が剣を振り下ろしてくる。

剣筋はもう分かっていた。

さすがは分身と言うべきか、おおむね同じ動きをする。膂力《りょりょく》にあふれてはいるが、単調な動きだ。

鬼市は素早く横へ動いた。

忍《しのび》ならではの身のこなしだ。敵の視野から一瞬消える。

振り下ろされてきた剣は宙を切った。

「死ねっ」

鬼市は斜め下から剣を振り上げた。

悲鳴は放たれなかった。

分身の首は、もう宙に舞っていた。

「押せ、押せっ」

明月院大悟が槍《やり》を構えて突進した。

「行ったれ、行ったれ」

鍬《くわ》を手にした熊太郎も続く。

その前に、またしても敵が立ちはだかった。

「どけっ。わいは江戸へ行くんや」

忍の卵だ。

剣をかざして突き進んでくる。

鬼市が気づいた。

やぶれかぶれの剣は手ごわい。槍と鍬では防げまい。

そう察した抜け忍は、やにわに手裏剣を打った。

「ぐわっ」

悲鳴があがる。

鬼市が放った手裏剣は、敵の側頭部に命中していた。

束の間ひるんだ熊太郎が勢いを取り戻した。

「ぐおおおおっ」

田舎相撲《いなかずもう》の大関が鍬を振り下ろす。

ぐしゃっと鈍い音が響いた。途方もない力だ。

「とどめだ」

大悟が叫《さけ》ぶなり、槍を突き出した。

「ぐえええええっ！」

忍の卵は絶叫した。

心の臓を突き刺された敵は、二、三度身を震わせて絶命した。

二

「源太郎の敵、思い知れ」

大三郎の剣が一閃《いっせん》した。

「抜け忍、覚悟！」

敵はかしらの分身だった。

三人の抜け忍の臭《にお》いがしみついた手拭《てぬぐい》を嗅《か》がせ、抜け忍たちが属する敵陣へやみくもに斬りこんでいく。

脳を持たない分身の動きはいたって単純だ。

抜け忍と討伐隊員の区別もついていない。ときには味方にまで斬りかかるのだから何をか言わんやだ。

ただし、正面からの斬り合いでは充分に力を発揮した。

「ぐっ」

大三郎は思わずうめいた。

まともに受けた敵の剣は、全身にしびれが走るほどだった。
しばらくもみ合う。
闇の中で、敵の目が真っ赤に光った。
こやつは源太郎の敵《かたき》だ。
討たねばならぬ。
新志館の師範代の総身に力がみなぎった。
ぐいと押し返す。
間合いができた。
いまだ。
大三郎は渾身《こんしん》の一刀を繰り出した。
手元に引きこむように鋭く振り下ろす。
「ぐえっ」
怒りの剣が分身を切り裂いた。
大三郎はさらに間合いを取った。

これなら存分に構えられる。

「思い知れ」

そう叫ぶなり、大三郎は上段から剣を振り下ろした。

分身の首が飛ぶ。

ねばねばしたものがひとしきり噴き出したかと思うと、敵の胴はあお向けに倒れて動かなくなった。

三

「よっしゃ、いけるで」

鬼市が声をあげた。

おのれの敵ばかりでなく、できるだけいくさ全体の動向も頭に入れながら動いている。月あかりがあるとはいえ、すべてを見通すことはできないが、敵の数は着実に減っているようだった。

「おう」

大悟が答えた。

「このまま攻め上るで」

熊太郎が鍬をかざした。

「合点で」

竹吉は木刀を構えた。

「気をつけろ。後続が来るぞ」

風の声が響いてきた。

「だれや」

鬼市は大声で問うた。

「たぶん、敵のかしらや」

声が返ってきた。

その声は討伐隊長の耳にも届いた。

「敵の大将が動いた。決戦は近いぞ。気を引き締めてかかれ」

城田新兵衛が告げた。

「はいっ」

花の声が聞こえた。

鬼市はほっとした。

敵味方入り乱れてのいくさだ。どこでどういう戦いになるか分からない。

現に源太郎がやられた。花の声を耳にして、鬼市はひとまず安堵《あんど》した。

だが……。

いくたりも斃《たお》したとはいえ、敵のほうが兵の数が多かった。

しかも、かしらが率いる後続の一隊もいる。戦況はまだまだ予断を許さなかった。

「抜け忍、覚悟！」

「おのれら、皆殺しや」

果たして、行く手にまたしても敵が現れた。

かしらの分身は剣、忍の卵とおぼしい者は鎖鎌《くさりがま》を手にしている。

高尾の里の四つ辻《つじ》をまっすぐ進み、いくらか上ったところだ。このまま進めば隠《かく》れ砦《とりで》に着く。

だが……。

敵も必死だった。

脳味噌《のうみそ》がない分身はともかく、忍の卵は追い詰められていた。

討伐隊を倒せば、十八にならずして江戸へ赴くことができる。厳しい修行を終えることができる。

それは甘い飴《あめ》のごときものだった。

しかし、敗走して逃げ帰れば、命の証《あかし》はない。たとえ生き残ったにせよ、さらに苛《か》烈《れつ》な運命が待ち受けているだろう。

となれば……。

何がなんでも目の前の敵を斃すしかない。

忍の卵は鎖分銅《くさりふんどう》を振り回した。

びゅん、びゅんびゅん……。

耳障りな音が響く。

分銅は見えない。聞こえるのは音だけだ。

「気をつけろ。遠くから飛んでくるぞ」

敵の武器を察知した新兵衛が注意をうながした。

そのとき、分身が斬りこんできた。

「抜け忍、覚悟!」

斬りかかっていったのは、木刀を手にした竹吉だった。

同時に、鎖分銅も放たれた。

敵の息が珍しく合った。

「ぐわっ」

竹吉が声をあげた。

分銅が額に命中したのだ。

「抜け忍、覚悟！」

そこへ分身が斬りこむ。

「竹吉！」

大悟が加勢に出た。

槍を構え、分身に向かって突進する。

「竹吉はんっ」

鬼市も続いた。

槍で突かれ、忍び刀で斬られた分身はたちどころに絶命した。

残るは鎖鎌の敵だ。

これは討伐隊長が迎え撃った。

鎖鎌をあえて刀に絡みつかせる。

しめた、と敵が思った一瞬の隙《すき》を突き、新兵衛は間合いを詰めた。

素早く脇差《わきざし》を抜き、敵の肺腑《はいふ》をえぐる。

「ぐええええっ！」

敵の口から絶叫が放たれた。

忍の卵の夢はついえた。

若者が江戸の土を踏むことはついになかった。

四

「竹吉はん、しっかりしい」

鬼市が真っ先に駆け寄った。

「傷は浅いぞ、竹吉」

大悟が励ます。

「大丈夫や。かすり傷やで」

鬼市も必死の面持ちで言う。

だが……。

地に伏した竹吉は、力なく首を横に振った。

傷は深かった。

もはや望みはない。

「しっかりいたせ、竹吉」

新兵衛が励ました。

「世話に……なりやした」

かつての八丁堀同心に向かって、手下の十手持ちだった男は言った。

「死ぬでない。しっかりいたせ」

新兵衛は重ねて言った。

「また屋台に来てくれ、竹吉」

大悟がうるんだ目で言った。

「竹吉はん、辛抱や。ここが峠や」

鬼市は必死の思いで言った。

竹吉は弱々しい笑みを浮かべた。

「兄ちゃんが、待ってる」

かすれた声で、竹吉は言った。

「向こうで、二人で……」

そこで言葉が途切れた。

「竹吉はんっ」

「竹吉！」

鬼市と新兵衛が同時に叫ぶ。

しかし、返事はなかった。

目から光が薄れていく。

水の竹吉は、死んだ。

双子の兄、火の松吉が待つところへと、足早に駆けていった。

「弔《とむら》いはあとだ」

嘆いている者たちに向かって、新兵衛が言った。

「へい」

鬼市は手の甲で涙をぬぐった。

あふれる思いはあったが、ここはいくさ場だ。

死んでいった者たちのためにも戦わねばならぬ。

待っててや。

いま敵を討ったるさかいに。

鬼市は顔を上げた。

夜空の一角を星が流れ、見えなくなった。

五

「あれや」

高尾の南が金剛杖《こんごうづえ》を止めた。

山場は曲がりくねった道が多いが、そこはまっすぐでわりかた先まで見通すことができた。

長い坂だ。

途中から勾配《こうばい》が険しくなる。

ちょうどそのあたりに、小さな鳥居が立っていた。色が剝《は》げた朱色の鳥居を月あかりがしみじみと照らしている。

鳥居をくぐっていくのではない。だれが立てたのか分からない古い鳥居は、すでに廃れた岩場の小さな祠《ほこら》を護っていた。

その長い坂の下手でいくさが起きていた。

分身と忍の卵など、いくたりかの軍勢が敗走している。

「あほっ。何してんねん」

裏伊賀のかしらは金剛杖で地面をたたいた。

「こっちが坂の上手《かみて》や。負けへんで」

虎太郎が剣を抜いた。

盛り上がった肩の肉がびくりと動く。

「存分に斬ってやる」

用心棒の十文字一刀も続いた。

一撃必殺の気合だ。

「よし。押し返せ」

高尾の南が命じた。

「おう」

「抜け忍、覚悟！」

ほかの手勢が気勢を上げた。

「行くで」

高尾の南の金剛杖が動いた。

「へいっ」

虎太郎が勇んで答えた。

たった一人残った鉄砲隊長も、銃を手にして続く。

ほうぼうの肉を切り、分身を生ぜしめた裏伊賀のかしらの動きは決してなめらかではなかった。

それでも、その真っ赤な双眸《そうぼう》には意志の光が宿っていた。

許さへんで。どいつもこいつも。

抜け忍も討伐隊も、一人残らず皆殺しや。

金剛杖がひときわ力強く動いた。

双頭の蛇が、がしっと土をたたいた。

六

「来たぞ」

風の声が響いた。

「坂の上からか」

新兵衛が行く手を見る。

「抜け忍、覚悟！」

「抜け忍、覚悟！」

先鋒の分身たちが突進してきた。

かしらに付き従っていた分身と、逃げ帰ったところを叱咤《しった》されてきびすを返した分身だ。

銃声も響いた。

生き残った鉄砲隊長がまなじりを決して攻めこんでくる。

「迎え撃て！」

城田新兵衛が叫んだ。

「おう」

大三郎が前へ進み出た。

「なんぼでも来い」

鬼市も続く。

花も遅れずに続いた。

風は岩場にいる。

手裏剣で敵を狙い、隙《すき》あらば跳び下りて剣を振るおうという構えだ。

「坂は難儀やで」

「体が重たいさかいに」

大悟と熊太郎は図らずもしんがりをつとめることになった。

「ぬんっ」

討伐隊長の剣が一閃した。

「抜け忍、かく……」

そこで言葉が途切れた。

分身が前のめりに倒れる。

また銃声が響いた。

鬼市の傷がまた少しうずいた。
銃撃を受けた記憶とともに、痛みもまたよみがえってきたのだ。
だが……。
今度の弾も外れた。弾薬はしだいに尽きてきた。
前に敵が現れた。
かしらのせがれだ。
ただし、その目はひときわ赤かった。これまで現れたかしらの子とは違う。
「行ったれ、虎太郎」
うしろから、かしらの胴間声《どうまごえ》が響く。
「おう」
虎太郎が斬りこんできた。
すさまじい速さだ。手裏剣は間に合わない。
鬼市は忍び刀でがしっと受けた。
「うっ」
思わずうめき声がもれる。
父親ゆずりの途方もない力が伝わってきた。

鬼市の背筋を、冷たい汗が伝った。

七

「われこそは古今無双流《こんむそうりゅう》、十文字一刀なり。いざ！」

六尺豊かな剣士が長刀を大上段に振りかぶった。

「新志館師範代、良知大三郎なり。亡き友、朝比奈源太郎が敵、いまこそ討ち果たさん。来い」

大三郎が構えた。

十文字一刀は不敵に笑った。

この勝負、もらった。

そんな笑みだ。

「わが必殺の剣、受けてみよ。きーえーーーーーい！」

化鳥《けちょう》のごとき叫び声が発せられた。

古今無双流の剣士は、大地を蹴って宙に舞った。

大上段の剣がさらに高くなる。

そこから勢いをつけた剣が力まかせに振り下ろされれば、いかに新志館の師範代でも受けきれまい。

源太郎に続いて、大三郎にも危難が迫った。

だが……。

化鳥のごとき声を耳にしていた者がいた。

風だ。

岩場を走る隻腕の抜け忍は、とっさに手裏剣をつかんだ。

もはや一刹那《せつな》の猶予《ゆうよ》もならない。

動く影の中心を心眼で見定めると、風は隻腕を一閃させた。

闇を切り裂いて手裏剣が飛ぶ。

それは、いままさに必殺の剣を振り下ろそうとした十文字一刀の背にぐさりと突き刺さった。

さしもの剣士の力も減殺《げんさい》された。

「おのれっ」

剣は振り下ろされたが、受けきれぬ力ではなくなった。

全身全霊をこめて、大三郎は受けた。

足腰ばかりではない。すべての存在の根をぐっと踏ん張り、新志館の師範代は敵の剣を受けた。

がんっ、と鈍い音が響く。

火花が散る。

「ぐおおおおっ」

背に手裏剣を受けたものの、十文字一刀の力は衰えていなかった。

そのまま押しこんでくる。

獣のごとき、途方もない力だ。

いったんは受けた大三郎だが、後退を余儀なくされた。

そのかかとが石を踏んだ。

ふわりと体が宙に浮く。

「うわっ」

大三郎の口から悲痛な声が放たれた。

新志館の師範代は進退谷《きわ》まった。

「死ねっ」

十文字一刀は上から剣を突き刺そうとした。
しかし……。
その腕が不意に止まった。
風が放った手裏剣、その先に塗られていた毒が回ったのだ。
大三郎はとっさに身を動かした。
ごろごろと丸太のように横へ転がる。
我に返ったように、十文字一刀は剣を突き下ろした。
その剣先は石に当たり、嫌な音を立てた。
「待てい」
新兵衛が助太刀に来た。
かしらの分身をたたき斬り、その勢いで用心棒に立ち向かう。
手裏剣の毒が回った十文字一刀の動きは、にわかに緩慢になった。
「ていっ」
討伐隊長の怒りの剣がうなる。
それは長身の用心棒を袈裟《けさ》懸《が》けに斬った。
大三郎も体勢を整えた。

立ち上がり、狙いを定めて斬りこむ。
突きが決まった。
「ぐえええっ」
五臓六腑を吐き出すような声が響いた。
もはや反撃はなかった。
敵が白目をむく。
次の刹那、十文字一刀はどうと地に斃れ伏して死んだ。

八

鬼市は窮地に陥《おちい》っていた。
かしらのせがれのなかでも大将格の虎太郎の剣は力強かった。
忍び刀で全力で受けた刹那、脳天までしびれた。
一瞬、気を失いそうになったほどだ。
「鬼市さんっ」
声が聞こえた。

花だ。

ただ声が聞こえただけだが、鬼市にとってみれば何よりの援軍だった。


こんなとこで死ねん。

絶対に死なれへん。

裏伊賀を倒して故郷へ帰るんや。


身の奥底から、最後の力が泉のごとくにあふれてきた。

「てえええええいっ」

鬼市は必死に押し返した。

体が離れ、間合いができた。

「食らえっ」

虎太郎がまた斬りこむ。

今度はしっかりと備えができた。

むろん、衝撃はあった。

全身の骨が軋《きし》むような一撃だ。

それでも、鬼市は受けきった。

体ばかりではない。これまでの人生のすべての重みをかけて受けきった。

そこへ加勢が来た。

「助けに来たでよ」

尾張訛《おわりなま》りで言うと、明月院大悟が槍を構えて前へ進み出た。

「わいもいるで」

熊太郎も続く。

そのとき、虎太郎のうしろから敵がいくたりかぬっと姿を現した。

「何やってんねん。早《は》よ始末せえ」

叱咤する声が響いた。

そして、闇の中から敵のかしらが姿を現した。

その両眼が真っ赤に輝く。

鬼市の前に姿を現したのは、高尾の南だった。

第七章　決戦、地獄坂

一

「おのれは、鬼市やな」

裏伊賀のかしらの声が響いた。

双頭の蛇の金剛杖《こんごうづえ》をどんと突く。

「そや。風と花もいるで」

鬼市はさっと手で示した。

「抜《ぬ》け忍《にん》どもが勢ぞろいか。ちょうどええわ。皆殺しにしたる」

高尾の南は不敵に笑った。

「皆殺しにされるのはおまえらや。いままでなんぼほどわらべをさろてきたんや。殺《あや》めてきたんや。ここらの山には、殺められたもんらの怨念《おんねん》が立ちこめてるで」

鬼市は闇に沈んだ山のほうを指さした。

「殺めたわけやない。弱いやつが勝手に死によっただけや」

裏伊賀のかしらは平然と言い放った。

その脇で、鉄砲隊長が最後に残った銃を構える。

「言うな」

今度は新兵衛が前へ出た。

「われこそは、裏伊賀討伐隊長、元江戸南町奉行所同心、城田新兵衛なり。おのれらが悪行、到底許しがたし。天に代わりて成敗いたす」

新兵衛は蜻蛉《とんぼ》の構えを取った。

「片腹痛いわ」

裏伊賀のかしらは鼻で嗤《わら》った。

「抜け忍どもに討伐隊とやら。ちょうどええわ。ゆわしてまえ」

高尾の南の野太い声が響いた。

ゆわす、とは伊賀の言葉で「やっつける」という意味だ。

「おう」

せがれの虎太郎が前へ一歩進み出た。

「ゆわされるのは、おまえらのほうや」

鬼市は忍《しの》び刀を敵に突きつけた。

「隠《かく》れ砦《とりで》までまっすぐや。囚《とら》われてるわらべらを救いに行くで」

抜け忍の声に力がこもった。

「この坂の名ァを知ってるか？」

裏伊賀のかしらはだしぬけに問うた。

「何や」

鬼市は短く問い返した。

「教えたろ。地獄坂や」

高尾の南が言った。

里から南のほうへ向かうと人家はすぐ途切れる。そこからは剣呑《けんのん》な上りだ。

そこを地獄坂という。

地獄坂の先には草木の生えない岩場があり、さらに急峻《きゅうしゅん》な路をたどれば隠れ砦に到着する。

「おまえらは地獄へ逆落としや」

高尾の南の双眸《そうぼう》が、ひときわ赤く輝いた。

「よっしゃ、いてまえ」

裏伊賀のかしらは鋭く手を振り下ろした。

二

銃声が轟《とどろ》いた。

生き残った鉄砲隊長の銃が火を噴いたのだ。

「うっ」

新兵衛がうめいた。

弾は顔のすぐ近くをかすめていった。

だが、当たりはしなかった。

「攻めこめ」

討伐隊長は命を下した。

「おう」

「覚悟」

大悟と大三郎が前へ進んだ。

抜け忍たちと熊太郎も続く。

「抜け忍、覚悟！」

まだ残っていた分身が突進してきた。

坂の上手から忍び刀をかざしながら突進してきた敵を、討伐隊はただちに迎え撃った。

「ぬんっ」

まず隊長の新兵衛が斬る。

「てやっ」

大三郎も続いた。

「喰《く》らえっ」

大悟の槍《やり》が深々と突き刺さる。

「地獄へ行け」

風が刀を振り下ろした。

膾《なます》のように斬られた分身に、熊太郎が怒りの張り手を見舞う。

分身の口から、もう声は放たれなかった。

「とどめや」

鬼市の忍び刀が一閃《いっせん》した。

分身の首は宙に舞い、路傍《ろぼう》に落ちて動かなくなった。

三

鉄砲隊長が崖《がけ》の中途まで登った。少しでも見通しのいいところから銃撃を試みようとしたのだ。

月あかりはさらに濃くなった。いくさ場の人影が少しは見える。

ほどなく、狙いが定まった。

鉄砲隊長が狙ったのは熊太郎だった。

討伐隊でいちばんの巨体だ。武器も鍬《くわ》しかない。

ばんっ！

銃声が響きわたった。

「うっ」

田舎相撲《いなかずもう》の大関がうめいた。

弾は左肩を半ば貫いていった。

「おのれはっ」

熊太郎が怒りの声をあげた。

隊長は次の弾を込めようとした。

だが……。

忍の動きは素早い。

風がいち早く気づき、崖を駆けあがった。

「よ、寄るな」

鉄砲隊長はひるんだ。

逃げようとした拍子に足が滑った。

「うわっ」

隊長は崖を転がり落ちて止まった。

そこに熊太郎がいた。

「ようもやってくれたな」

田舎相撲の大関の顔は怒りに真っ赤に染まっていた。

銃をつかみ取り、怪力で叩《たた》き壊す。

裏伊賀隊の最後の銃が崩壊した。

熊太郎はさらに鉄砲隊長の首をつかんだ。

「ぐわっ」

悲鳴があがった。

ぼきっと首が折れたのだ。

さらに張り手を見舞う。

馬乗りになって二度、三度と張ると、鉄砲隊長の顔はたちまち腫《は》れあがっていった。

「おれがとどめを」

風がひらりと跳び下りた。

「おう」

熊太郎が身を離した。

撃たれたとはいえ、尋常な体つきではない。どうやらかすり傷に近いようだった。

「死ねっ」

抜け忍の隻腕が動いた。

「ぐえええええっ！」

剣を心の臓に突き刺された鉄砲隊長は断末魔の悲鳴をあげた。

そして、一度だけびくっと身を震わせて絶命した。

四

激闘はほかの場所でも続いていた。

「力を見せたれ、虎太郎」

高尾の南が言った。

「はっ」

虎太郎が父に答える。

その前に、鬼市が立ちはだかった。

「勝負せい」

鬼市は忍び刀を構えた。

真っ向勝負でこやつを斃《たお》し、かしらの息の根を止める。

そうすれば、あとは隠れ砦へ攻め上るばかりだ。

「わいが斬ったる」

そう言うなり、虎太郎は前へ踏みこんできた。

上段から振り下ろされる力強い剣だ。

「ぬんっ」

鬼市は正面から受けた。

がしっ、と鈍い音が響く。

火花が散る。

抜け忍とかしらのせがれは、剣をまじえたままにらみ合った。

敵の息遣《いきづか》いが聞こえた。

かしらの高尾の南も抜刀した。

金剛杖を左手に持ち替え、右手で刀を持つ。

「成敗いたす。覚悟せよ」

新兵衛が刀を構えた。

「馬鹿たれが」

裏伊賀のかしらが嗤った。

しかし……。

かつての高尾の南なら、並外れた膂力《りょりょく》に物を言わせて鎧袖《がいしゅう》一触《いっしょく》、敵の首をばっさばっさと刈り取っていったところだが、いまはそういうわけにはいかなかった。

出陣はできたが、まだ金剛杖《こんごうづえ》を突いている。切り取れる肉をすべて切り、あまたの分身を生ぜしめた反動は大きかった。

「抜け忍、覚悟！」

最後に残った分身が素《す》っ頓狂《とんきょう》な声をあげた。

「やかましいわい。役立たずめが」

高尾の南が怒った。

「抜け忍、覚悟！」

分身が同じ言葉を繰り返す。

「おまえが最後や。敵の大将の首、取ってこい」

かしらが叱咤《しった》した。

「抜け忍、覚悟！」

分身が斬りこむ。

「てやっ」

新兵衛はその剣を鋭く撥《は》ね上げた。

「ぬんっ」

返す刀で斬る。

最後の分身がよろめいた。

「助太刀いたす」

大三郎が前へ進み出た。

袈裟懸《けさが》けに斬る。

分身の動きが止まった。

「とどめだ」

新兵衛が最後の太刀を振るった。

分身はもう言葉を発しなかった。

首が宙を舞う。

それは地獄坂をいくらか転がって止まった。

五

「でえいっ」

鬼市は渾身《こんしん》の力をこめて体を離した。

虎太郎とのあいだに間合いができた。

「鬼市さん」

声が響いた。

花だ。

視線を滑らせると、くノ一は崖の中途にいた。

手裏剣を構えている。

何より心強い援軍だ。

「おう」

鬼市は短く答えた。

ほかの面々も役割を果たしていた。

「そんなもん、役に立たんぞ」

裏伊賀のかしらの胴間声《どうまごえ》が響いた。

大悟が槍を、熊太郎が鍬を構えていた。

新兵衛と大三郎が最後の分身を成敗しているあいだ、敵のかしらの動きを制しておく役目は充分に果たした。

新兵衛と大三郎が加わった。

数がまさっていた裏伊賀軍は、一人消え、一人斃れ、いつのまにか高尾の南と虎太郎の親子だけになっていた。

「でえええいっ」

その虎太郎がまた打ちこんできた。

力はいささかも衰えていない。

敵の刀ごと真っ二つに割ろうとするような剣だ。

「ていっ」

鬼市は懸命に受けた。

かわすことはできなかった。

一瞬たりとも、かわそうと思ってはならない。そのひるみが命取りになってしまう。

正面から受けるのだ。受けきってしまえば、敵に隙《すき》ができる。それを待つしかない。

「斬ったれ、虎太郎」

高尾の南の声が響いた。

異形の父の声に応えて、虎太郎がまた打ちこんでくる。

「うっ」

鬼市はうめいた。

肩から首筋にかけて、ついぞ味わったことがない衝撃が走る。

「鬼市！」

風が叫んだ。

仲間の抜け忍の目には、いままさに危難が振りかかるように見えたのだ。

「鬼市さんっ」

手裏剣を構えた花の声も飛ぶ。

「でえええいっ」

鬼市は必死に押し返そうとした。

だが……。

ここは地獄坂だ。

厳しい勾配《こうばい》がある。

坂の上手から勢いよく攻めこんできた剣はより力を増す。二度、三度と受けているうちに、しだいに力が殺がれていく。

鬼市の両腕がしびれた。もう動かない。
敵の剣をはねのけることができない。
「死ねっ」
虎太郎はかさにかかって攻めこんできた。
真っ赤な双眸《そうぼう》が輝く。
「うわっ」
鬼市の体勢が崩れた。
敵の勢いを止めきれないうちに、石を踏んでしまったのだ。
抜け忍の体が宙に浮いた。
そのままあお向けに倒れる。
そこへ虎太郎が覆いかぶさってきた。
鬼市は絶体絶命の窮地に陥《おちい》った。

六

花はもう瞬《まばた》きをしなかった。

この一枚の手裏剣だけが命綱だ。

打ち損じれば、すべてが終わってしまう。

裏伊賀を討伐し、囚《とら》われていたわらべたちを救い出したら、鬼市とともに生まれ故郷を探す。

そして、一緒に暮らす。

そんな夢が、一瞬にしてついえてしまう。

花は目を凝《こ》らした。

鬼市の危難は、前にも手裏剣で救ったことがある。

しかし……。

今回の危難のほうが明らかに剣呑だった。

わずかな手元の狂いが命取りになる。

花のまなざしが勁《つよ》くなった。

打つしかない。

一撃で敵を斃すしかない。

花は狙いを定めた。

いまだ。

鬼市に馬乗りになり、いままさに剣を突き立てようとしている敵の頭部が、いやにくっきりと見えた。

的が分かった。

くノ一の右手が一閃した。

気と思いを乗せた手裏剣は、闇を切り裂いて鋭く飛んだ。

「ぐわっ！」

虎太郎が声をあげた。

鬼市の首を左手で締め、右手で剣を振り下ろそうとした、まさにその刹那、後頭部に衝撃が走ったのだ。

束の間、敵の力がゆるんだ。

鬼市は最後の力を振り絞った。

虎太郎の手を払いのけ、両足に力をこめた。

敵の剣を受けたせいで腕はしびれていたが、足はまだ動いた。

「てやっ」

鬼市は両足で敵を蹴《け》り上げた。

そのまま後方へ投げる。

窮地を切り抜ける伝家の宝刀、渾身の巴投《ともえな》げだ。

虎太郎の体が宙に舞った。

地獄坂に叩きつけられる。

その後頭部には、花が放った手裏剣が深々と突き刺さっていた。

影が動いた。

風だ。

隻腕の抜け忍の動きは素早かった。

うめきながら顔を上げた虎太郎に駆け寄り、すぐさま斬る。

「死ねっ」

怒りの剣を振り下ろす。

「ぐえええええっ」

虎太郎は絶叫を放った。

手裏剣と刀、二つの攻撃を同時に受けた。さしものかしらのせがれにも、もう応戦する力は残っていなかった。

「終わりや」

風はただちにとどめを刺した。

心の臓に剣を突き立てる。

ぐいとえぐると、虎太郎はおびただしい量の血を吐いた。

そして、最期に太息《ふといき》をついて死んだ。

七

「すまん」

鬼市は花に向かって両手を合わせた。

「まだ終わってへん」

くノ一の声が返ってきた。

「そや」

鬼市は地獄坂の上手を見た。

裏伊賀のかしらの動きを、隊長の城田新兵衛を初めとする討伐隊の面々が牽制《けんせい》していた。

「やりよったな」

高尾の南の両眼がさらに赤く光った。

人ではない。まさに鬼だ。

「わいだけで充分や。かかってこんかい」

裏伊賀のかしらは右手で剣を構えた。

「恐れるな」

新兵衛が声を発した。

「どりゃっ」

大悟が槍を突き出した。

ただし、すぐ引く。

敵に傷を与えるのではなく、疲れさせるための槍だ。

敵は裏伊賀のかしらだ。

おのれのほうぼうの肉を切り取って分身を生ぜしめた手負いとはいえ、もともとの力が抜きん出ている。警戒するに若《し》くはなかった。

「わいのせがれを返せ」

熊太郎が鍬をかざした。

「うぬの悪行、万死に値する」

新兵衛が剣を構える。

「片腹痛いわ」

高尾の南は鼻で嗤《わら》った。

「おのれらとは格が違うねん。おのれらはただの人やないか。そんなもん、ひねりつぶして終いや」

裏伊賀のかしらはまた真っ赤な眼光を放った。

「ただの人やないで。わいは忍や」

鬼市は言い返した。

「ほほう」

高尾の南はまた突き出された槍を軽く払った。

討伐隊はいくたびも攻撃を仕掛けているが、坂の上手で仁王立ちになっている裏伊賀のかしらの体勢は容易に崩れなかった。

「わいが修行させたったさかいに、忍の術を身につけられたんや。そやのに、勝手に抜けよって。身の程知らずがっ」

高尾の南は吐き捨てるように言った。

「何が忍の術や。おのれは忍なんかやない」

裏伊賀のかしらに向かって、鬼市は傲然《ごうぜん》と言い放った。

「何やと？」

高尾の南は真っ赤な目をむいた。

「親きょうだいのいるわらべを勝手にさろて、隠れ砦でむりやり修行させて、死んだら崖から骸《むくろ》をほかす。『忍』っちゅう字には『心』が入ってる。心あっての忍や。おのれにはかけらも心がない」

鬼市は指を突きつけた。

「心？　そんなもん、なんで要《い》るねん。弱いやつは死んだらええ。それだけの話やないか。強いもんだけが生き残るねん」

裏伊賀のかしらはまったく取り合わなかった。

「そうやって生き残った強いもんを江戸に送って、諸国でまた人を殺めたりいろいろ悪さをさせる。伊賀の恥やで、おのれは」

鬼市は臆《おく》することなく言った。

「恥は抜け忍や」

高尾の南の声が高くなった。

「弱いさかいに逃げんねん。修行をようせんさかいに、抜け忍になるねん。あほだらがっ」

裏伊賀のかしらは、金剛杖で地獄坂の土を叩いた。

新兵衛をはじめとする討伐隊の面々は、武器を構えながらも口をつぐんでいた。

鬼市の言葉には気がこもっていた。

裏伊賀のかしらに向かって、これだけは言わねばならぬ。そういう気が伝わってきたからこそ、みな黙って成り行きを見守っていた。

「人を殺めるのが忍やない。なんぼ術がでけても、それを忍んで人には見せず、いざというときに人を助けるために使うのがほんまもんの忍や。おのれの料簡はまるっきり間違うてんねん」

鬼市の言葉に、花がうなずいた。

「わいに説教する気か。後悔するで」

高尾の南の眼光がひときわ鋭くなった。

これまでとはいくらか違う光だ。

「ともかく、囚われの者を解き放たねば」

新兵衛が言った。

「はい」

鬼市が短く答える。

「うぬを成敗すれば、隠れ砦までまっすぐ進める。覚悟せよ」

新兵衛が剣を構えた。

颪も、大三郎も続く。

大悟と熊太郎と花も間合いを詰めた。

「どっちがほんまもんの忍か、勝負や！」

鬼市が前へ躍り出た。

「あほだらがっ」

高尾の南は一喝した。

「おのれらが使えるのは、剣とかの武器だけやろ。わいはちゃうで」

裏伊賀のかしらはそう言うと、剣を納め、金剛杖を放した。

かたり、と杖が地獄坂に落ちる。

すわとばかりに、大三郎が剣をかざして踏みこんだ。

だが……。
二、三歩進んだところで止まった。
高尾の南が両手で印《いん》を結んだ。

指があらぬ向きに曲がっていく。常人なら、すべての指の骨が折れているところだ。

かつて世に現れたことのない面妖《めんよう》な印を結ぶと、高尾の南は呪文めいたものを唱えはじめた。

…………○△□…………○△□…………

言葉を明瞭に聞き取ることはできなかった。

ことごとく、人間には発音できない言葉だ。

鬼市は目を瞠《みは》った。

真っ赤に染まった裏伊賀のかしらの両眼が、ゆるゆると眼窩《がんか》から外れ、虚空へと漂い出したのだ。

それが変容の始まりだった。

裏伊賀のかしらは、恐ろしいものに変じようとしていた。

第八章　砂漠と濁流

一

「うわっ、何や」

さしもの鬼市もうろたえた。

無理もない。

ほんの少し前までは眼窩《がんか》に収まっていた高尾の南の真っ赤な両眼が虚空へ浮き出し、さらに変容しはじめたのだ。

「何じゃ、これは」

新兵衛も声をあげた。

「大《お》っきなるで」

熊太郎が指さす。

裏伊賀のかしらの目は、たちまち火の玉のごとくに膨れあがった。

二つの眼球が揺れ動く。


ふふふ……

ふふふ……


虚空から嗤《わら》いが響いてきた。

地の底、あるいは世の裏側から響くかのような声だ。

「だまされるな」

風が叫んだ。

「これは妖術や」

隻腕の抜け忍が言う。

そや、妖術や。

まぼろしを見せてるだけや。

鬼市は瞬《まばた》きをした。

だが……。

妖術に惑わされず、気をたしかに持とうとしても、いま見えているものに変わりはなかった。

虚空に浮きだした高尾の南の両眼が虚空でぶつかる。

そのたびに火花が散り、また少し赤みが増す。

「火の玉みたいだ」

大三郎が言った。

「だんだん明るうなってる」

大悟が槍《やり》を構えたまま言う。

「気をつけろ」

新兵衛が声を張りあげた。

虚空で揺れる両眼の動きが激しくなった。

ぶつかるたびに真っ赤に燃える。

ふふふ……

ふふふふ……

嗤いが高まった。

「あっ」

花が声をあげた。

赤い目の片方が不意に弾けたのだ。

赤光《しゃっこう》が四方八方に放たれる。

あたりは昼かと見まがうほどになった。

鬼市は一瞬目を閉じた。

いあ、いあ……

ふたぐん……

面妖《めんよう》な呪文が虚空に谺《こだま》する。

再び目を開けたとき、世界はすでに変容していた。

鬼市が立っていたのは、いちめんの砂漠だった。

二

つい今し方まで地獄坂だったところは、広々とした砂漠に変じていた。砂丘がほうぼうに見える。そのどれもが赤く染まっていた。

味方の姿は見えた。どの顔にも驚きと戸惑いの色が浮かんでいた。

「何やこれは」

鬼市は風に言った。

「幻術や。術にかかってしもたんや」

隻腕の抜け忍が吐き捨てるように言った。

「どうやったら戻れるん？」

花が訊《き》く。

「分からん」

風はすぐさま答えた。

「お日さんが出てる」

鬼市が指さした。

夜のはずだったのに、空の一角で太陽が輝いていた。

ただし、何がなしに嘘臭《うそくさ》い、作り物のような太陽だ。


ふふふ……

ふふふふ……


嗤い声に応じるかのように風が吹いた。

赤い砂が巻きあがる。

砂あらしだ。

「うわっ」

大悟が顔を覆った。

砂粒がいっせいに飛んでくる。目をあけていられないほどだ。

「前が見えない」

大三郎が眉根《まゆね》を寄せる。

「人や」

花が切迫した声をあげた。
砂あらしの中から、次々に人影が立ち現れていた。
いや、違う。
動く砂が塊になったかと思うと、やにわに起き上がり、人のかたちになるのだ。
砂男には両眼が備わっていた。
どちらも赤い。
新兵衛が言った。
「分身だ」
砂漠に現れたのは、一人残らず退治したはずのかしらの分身だった。
一体また一体と人の姿を整えると、赤い分身はやにわに両手を挙げて近づいてきた。
素早い動きだ。
ふふふ、やったれ……。
ゆわしたれ。
皆殺しや。

かしらの声が響く。

「おのれっ」

大三郎が抜刀して斬った。

「ぬんっ」

新兵衛も剣を振り下ろす。

「ていっ」

鬼市も忍び刀を振るった。

だが……。

手ごたえがなかった。

赤い砂男は、いくら斬っても元のままだった。

あかん。

いくら斬っても無駄や。

一瞬だけ揺らぎはするが、すぐさま旧に復す。

そしてまた、両手を万歳させたまま襲ってくる。

手に武器は持っていない。徒手空拳で襲ってくるだけだ。

しかし、それだけにたちが悪かった。

砂から生まれた分身には首がない。心の臓もない。脳もなければ、赤い血も流れていない。

敵には何一つとして急所がなかった。

「消え失せろっ」

新兵衛はなおも剣を振るった。

だが、影が揺らいで消えるのは、ほんの束の間だった。

すぐさま元通りになり、ぬっとまとわりついてくる。

「うわっ」

大悟が声をあげた。

「鼻や口から砂が入ってくるぞ」

槍の名手が忌《い》まわしげに言った。

ふふふ……

ふふふ……

嗤いが高まる。

「息がでけへん」

熊太郎が悲痛な声を発した。

「砂を吸いこむな」

新兵衛がすぐさま言った。

「どうするの？　鬼市さん」

花が口早に問うた。

「どないかせんと」

鬼市はぐっと気を集めた。

いま見えてる世界をどないかせんとあかん。敵の呪術を解かんかぎり、勝ち目はあらへん。

そやけど、手がかりはあるはずや。落ち着いて思案したら、盲点になってたもんが必ず見える。

それは何や。

いったい何や？

やがて……。

砂あらしのただなかに、ひとすじの光明が見えた。

「そや」

鬼市は両手を打ち合わせた。

「分かった？」

砂あらしに抗《あらが》いながら、花が問うた。

「お経や！」

鬼市は答えた。

「あのお経を唱えるんや」

抜け忍は精一杯の声を発した。

その声は、討伐隊の面々の耳にたしかに届いた。

三

そうか、と城田新兵衛は思った。

分身どもに立ち向かうとき、「般若心経《はんにゃしんぎょう》」の一節を礫《つぶて》か手裏剣のごとくに投げつけた。

あの手がある。

いや、もはやあれしかない。

「阿！」

討伐隊長は声を発した。

だが……。

符牒《ふちょう》を使うのにしばらく間があったため、応じる声はすぐ響かなかった。

「お経を唱えるんや」

鬼市は必死に言った。

「おう」

大悟が答える。

「分かった」

大三郎の声も響いた。

あらしはますます激しくなってきた。

赤い砂男が立ち現れてはまとわりついてくる。砂粒が口にも鼻の穴にも忍びこむ。

もう一刻の猶予《ゆうよ》もならない。

「もういっぺん行くぞ」

新兵衛が声を張りあげた。

「よっしゃ」

鬼市が答える。

「阿《あ》!」

討伐隊長は再び声を発した。

今度は声がそろった。

色《しき》不《ふ》異《い》空《くう》、空《くう》不《ふ》異《い》色《しき》……

色《しき》即《そく》是《ぜ》空《くう》、空《くう》即《そく》是《ぜ》色《しき》……

砂あらしがいくらか収まった。

世を覆っていた赤光が少しだけ薄くなる。

「吽《うん》！」

新兵衛はすぐさま次の符牒を発した。

「無眼耳鼻舌身意《むげんにびぜっしんに》……」

声がそろった。

両手を万歳させながら襲ってくる砂男の姿が崩れる。

跡形もなく消えていく。

「消えたで」

鬼市が声をあげた。

「続けるぞ」

新兵衛が言った。

「おう」

「よっしゃ」

討伐隊は俄然《がぜん》勢いを取り戻した。

阿！

色不異空、空不異色……

色即是空、空即是色……

吽！

無眼耳鼻舌身意……

お経が響くたびに、砂漠の光景は変わっていった。

砂男が消える。

砂丘も消えていく。

「この調子や」

鬼市の声に力がこもった。

「よし、続けていくぞ。阿！」

新兵衛はまた符牒を発した。

お経が続く。声がそろう。

「あっ、坂が」
花が指さした。
潮が引くように砂浜が消え、元の地獄坂が現れた。
「かしらがいるで」
鬼市の声に力がこもった。
坂の上手に、男の姿が見えた。
高尾の南だ。
よっしゃ。
これで勝てる。
もうひと押しや。
鬼市は前へ一歩踏み出した。

四

裏伊賀のかしらは印《いん》を結んだままだった。

秘中の秘の印だ。

結ぶためには、自ら指の骨を折らねばならない。ひとたび折れてしまえば、もう元には戻せない。

それでも、まだまだ戦う気は失せていなかった。

「あほどもがっ」

裏伊賀のかしらは嚙《か》みつくように言った。

「あれで終いやと思たら大間違いやぞ」

眼光がまた鋭くなった。

「見んとけ」

鬼市は花に言った。

「見たらあかんの？」

花が口早に問うた。

「あいつは目ェで術をかけよるねん」

鬼市はすぐさま答えた。

印と呪文もあるが、いちばん剣呑《けんのん》なのは敵の目だ。

見てはならない。

鬼市はそう悟った。

「敵の目を見るな」

鬼市の声を聞いた新兵衛が大声で伝えた。

「剣の動きは？」

大三郎が問う。

敵と相対するときは、決して目を離さぬようにするのが基本だ。

「指が折れてるさかい、剣はよう持たん」

鬼市は鋭く見抜いて言った。

高尾の南は金剛杖に寄りかかっているだけだった。両手の指は印を結んだまま強ばっている。

その手に剣はない。目を外しても、斬られる恐れはなかった。

「目ェを見たらあかん」

鬼市は重ねて言った。

「術がかからねば、こっちのものだ」

新兵衛が和す。

しかし……。

高尾の南は動じなかった。

「それで勝てると思うんか。あほだらがっ」

裏伊賀のかしらは鼻で嗤った。

そして、印を結んだまま呪文を発した。


いあ、いあ……

よぐ、ないあら、ふたぐん……


鬼市は目を合わさず、夜空を見上げた。

大きな月が懸かっていた。

まるでつくり物のようだ。

「よう聞け！」

高尾の南が叫んだ。

さらに呪文が響く。

いあ、いあ……

よぐ、ないあら、ふたぐん……

声がしだいに高まる。

鬼市は目を瞠《みは》った。

世界がまた変容しはじめたのだ。

月がどろりと溶けだした。

卵のように変じたかと思うと、濁流となってなだれこんでくる。

そうか、と鬼市は思い当たった。

目を合わさないようにするだけでは甘かった。

耳もふさがねばならなかったのだ。

だが、もう遅かった。

よぐ、ないあら、ふたぐん……

いあ、いあー！

呪文を唱える声がさらに高まった。

頭の中でわんわんと鳴る。

月を源とする濁流の流れが速くなった。

それはたちまち討伐隊に迫った。

五

「まぼろしだ」

風が叫んだ。

「そうだ。気をたしかに持て」

新兵衛が精一杯の声を張りあげた。

だが……。

襲ってきたものはまぼろしではなかった。

たしかな実体が備わっていた。

「うわっ」

大悟が叫《さけ》んだ。

「流されるで」

熊太郎も切迫した声をあげた。

月光と同じ黄色味を帯びた濁流は、分散と集合を間断なく繰り返しながら襲ってきた。

討伐隊員の足元をすくう。

「これはいかん」

新兵衛も狼狽《ろうばい》した。

「一緒や。ここでもお経や」

鬼市は懸命に声を張りあげた。

砂漠も濁流も、裏伊賀のかしらがかけた呪術によって現れた。

ならば、その元を断つしかない。

ふふふ……

ふふふ……

嗤い声が高まる。

濁流が渦巻く怪しい世界を満たしていく。

「阿！」

鬼市は叫んだ。

「お経が櫂《かい》や。それで乗り切るしかない」

「おう」

風の声が聞こえた。

「色不異空、空不異色……」

お経が唱えられる。

「色即是空、空即是色……」

濁流の渦に巻かれながら、花も必死に唱えた。

「吽！」

新兵衛も叫ぶ。

「あー、忘れてしもた」

熊太郎が悲痛な声を発する。

いまにも濁流に呑まれそうだ。

「無眼耳鼻舌身意……」

「無眼耳鼻舌身意……」

大三郎と大悟が代わりに唱える。

あっぷあっぷしていた熊太郎はようやく息を継いだ。

「気ィをこめて唱えるんや」

鬼市が言った。

「思いも」

花が和す。

「そや、思いもや」

鬼市はただちに答えた。

この世はこんなもんやない。

どろどろした醜いもんやない。

もっと美しいもんや。

そうでないとあかんのや。

濁流と渦に抗《あらが》いながら、鬼市は強くそう思った。

「根競べだ。経を唱えつづけるぞ」

新兵衛が言った。

「おう」

大悟が答えた。

「よっしゃ。今度はちゃんと唱えるで」

熊太郎が気合をこめた。

「経で元を断て。気をこめろ。阿！」

討伐隊長が割れんばかりの声を発した。

「色不異空、空不異色……」

「色即是空、空即是色……」

心を一つにして隊員が唱える。

「吽！」

今度は鬼市が腹の底から声を発した。

「無眼耳鼻舌身意……」

「無眼耳鼻舌身意……」

風と花、残りの抜け忍《ぬけにん》が精一杯の声で和す。

いくたび繰り返したことだろう。渦に巻かれそうになりながらも、鬼市は懸命に経を唱えた。

言葉の櫂を動かした。

それだけが頼りだ。

悪《あ》しき者の手から、この世を取り戻す。

ささやかでいい。平穏で美しい世界を取り戻す。

囚われの者たちを解き放ち、なつかしい里へ返す。

そして、おのれも生まれ故郷へ帰る。

そんな思いだけが抜け忍を支えていた。

「引いてきたぞ」

新兵衛の声が響いた。

あれほど盛んに渦巻いていた濁流が、しだいに穏やかになってきた。

「もうちょっとや」

鬼市は勢いを得た。

「もっとお経を」

花が言う。

「おう」

鬼市の声に力がこもった。

阿！

色不異空、空不異色……

色即是空、空即是色……

吽！

無眼耳鼻舌身意……

討伐隊の声がきれいにそろった。

一つ唱えるたびに流れが引いていく。

やがて……。

濁流が渦巻いていた場所が旧に復した。
地獄坂が現れた。
その上手に、金剛杖に寄りかかった男の姿が見えた。
鬼市は見た。
呪術を使った裏伊賀のかしらは、明らかに疲弊《ひへい》していた。
いまや。
休ませたらあかん。
鬼市は忍び刀をかざし、地獄坂を駆けあがった。
間合いを詰める。
高尾の南は金剛杖をつかもうとした。
しかし……。
怖ろしい印を結ぶためにあらぬ向きに曲げた両手の指は、すべて折れ曲がっていた。
刀はおろか、杖さえつかめない。

裏伊賀のかしらの目に、ついぞない色が浮かんだ。

驚きと恐怖がないまぜになった色だ。

「高尾の南、敗れたり！」

鬼市は高らかに言い放った。

忍び刀が一閃《いっせん》する。

裏伊賀のかしらの首は、一瞬で虚空に舞い上がった。

第九章　最後の戦い

一

手ごたえがあった。
たしかに、斬った。
やったで。
裏伊賀のかしらの首を刎《は》ねたった。
高尾の南の首や。
鬼市の胸は弾んだ。

ついに宿願の一つを果たしたのだ。

しかし、異なところもあった。

敵の首は、たしかに宙に舞った。

胴体はここにある。

首と泣き別れになった胴だけが、まだ地獄坂に立っている。

だが……。

近くに落ちたはずの首が見当たらなかった。

首が落ちた音も響かなかった。

おかしい。

「首はどこや」

鬼市は声を発した。

「近くに落ちてるはずや」

さらに言う。

「どこにもないぞ」

急いで探した新兵衛が言った。

「見当たりません」

大三郎も口早に伝える。

「探せ」

討伐隊のかしらが言った。

「草むらに落ちてへんか」

熊太郎が脇へ入った。

「消えるはずがないでの」

大悟も続く。

鬼市は高尾の南の胴体を見た。

仁王立ちになったままの胴体の切り口からは、まだ盛んに血が流れていた。

月あかりが照らす。

鬼市は思わず息を呑《の》んだ。

裏伊賀のかしらの血は赤くなかった。

それは、黒い血だった。

どす黒いものが切り口からあふれている。

見るもおぞましい光景だった。

やっぱりこいつは人やなかった。

鬼や。

忌《い》まわしいやつや。

鬼市は眉《まゆ》をひそめた。

「どこにもない」

風の声で我に返った。

「消えるはずがないやん」

花がおびえたようにあたりを見回した。

「どこかに落ちてるはずや」

鬼市も再び動いた。

しかし……。

高尾の南の頭部は見つからなかった。

どこを探しても、裏伊賀のかしらの首は落ちていなかった。

二

「勢いよく飛んで、深いところに落ちたのだろう」

新兵衛はそう結論づけた。

「これはどうします」

大三郎が立ったままの胴体を指さした。

「埋めて塚でもつくったほうがいいかもしれぬが、後回しだ」

新兵衛が答えた。

「竹吉はんと源太郎さまのなきがらも寺へ運んで供養せんと」

鬼市が言った。

「それも帰りだな。まだ砦《とりで》を落としたわけではないから」

討伐隊長の表情が引き締まった。

「では、行きましょう」

大三郎が言った。

「よっしゃ、ここからまたいくさの気合や」

鬼市は花に言った。

「うん」

くノ一がうなずく。

「もうちょっとや、熊吉。待っとれ」

熊太郎が山のほうを見た。

「どれ、もうひと気張り」

大悟が太腿《ふともも》をたたいた。

裏伊賀のかしらの胴体をあとに残し、討伐隊は地獄坂を上りきった。

そこから先も剣呑《けんのん》な路が続いた。

岩場に執念《しゅうね》く生える曲がりくねった松を越えると、片側が崖《がけ》、片側が岩場の細い路になった。

「気をつけて登れ」

新兵衛が声を発した。

一人しか通れぬ路で、上りの勾配《こうばい》が厳しい。

だが、敵の姿はなかった。

かしらもその手下も、ことごとく討ち果たした。

月あかりが照らす行く手の道に人影はない。

ただし、隠れ砦にはまだ敵がいるだろう。決して油断はできない。

「もうちょっとや」

大儀そうにしている大悟と熊太郎に、鬼市は声をかけた。

「おう」

「気張ってるで」

先を行く仲間から声が返ってきた。

上るにつれて、風が強くなってきた。

夜だ。

日中より激しい風が吹きつける。

鬼市はふと耳に手をやった。

高尾の南の嗤《わら》いが聞こえたような気がしたのだ。


空耳や。

そんなはずはない。

たしかにこの手で首を斬ったった。

鬼市は軽く首を振った。

そして、また脚に力をこめた。

三

「見えたぞ」

新兵衛が声をあげた。

「おう、着いた」

大悟がほっとしたように言った。

「跳ね橋は？」

鬼市が訊いた。

「まだ櫓《やぐら》しか見えん」

新兵衛は答えた。

「鉄砲隊はおらんぞ」

目のいい風がいち早く言った。

「よし、行けるで」

鬼市の声に力がこもった。

ややあって、隠れ砦の物見櫓《ものみやぐら》がくっきりと見えてきた。

その上方に、わずかに赤みを帯びた月が懸かっている。

「跳ね橋だ」

新兵衛が前方を指さした。

月あかりを浴びて浮かびあがったのは、砦に通じる跳ね橋だった。

「下ろさせなあかんな」

鬼市が言った。

「どうやって？」

花が問うた。

「そこは思案や」

鬼市は髷《まげ》に手をやった。

やがて、討伐隊の全員が物見櫓の下に着いた。

月あかりが濃くなった。

ずらりと並んだ尖《とが》った杭《くい》を照らす。

「さすがにあれは通れぬか」

新兵衛が指さした。

「いかに忍でも無理ですわ。忍の卵らを逃がさんようにつくってあるんで」

鬼市が首を横に振った。

「無血開城が最善だ。ここは粘り強く交渉しよう」

討伐隊長が言った。

「それしかありませんな」

大三郎が和す。

「見張りが来たぞ」

風が指さした。

「ほんまや。提灯《ちょうちん》が見えるで」

鬼市は瞬《まばた》きをした。

二つの提灯が、逆さ杭を敷きつめた谷の向こうに現れた。

その灯りはまるで鬼火のようだった。

「だれや」

誰何《すいか》する声が響いてきた。

「われらは裏伊賀討伐隊。われこそは隊長の元江戸南町奉行所同心、城田新兵衛なり」

新兵衛は高らかに名乗りをあげた。

「抜け忍の鬼市や。かしらの高尾の南は討ち果たしたで」

鬼市が続く。

「ほんまか」

驚いたような声が響いてきた。

「ほんまや。首を斬ったった。ほかのやつらも皆殺しや。分身も生き残ってへん。もう抗《あらご》うても無駄やで」

鬼市は引導を渡すように言った。

「同じく、抜け忍の風や。花もいる」

風が隻腕で示した。

「あとは囚《とら》われのわらべを解き放つだけや。観念して、跳ね橋を下ろせ」

鬼市は前へ一歩踏み出した。

向こうの提灯がわずかに揺れた。どうやら何か相談をしているらしい。

「あんたは嘉助はんか？」

鬼市はたずねた。

「そや」

ややあって、短い返事があった。

「あんたには世話になった。あんたがここにおらなんだら、わいらはかしらに殺められてた」

鬼市は言った。

地獄の裏伊賀でただ一人、忍の卵たちの楯《たて》の役割をいくらかなりともつとめてくれたのが指南役の嘉助だった。

「ほんまにかしらはやられたんやな？」

嘉助は疑わしげにたずねた。

「かしらを斃していなければ、ここには至っておらぬ」

新兵衛が言った。

「われらをどうするつもりや？」

嘉助が問うた。

「跳ね橋を下ろし、囚われの者たちを解き放てば、罪は不問に付してやろう」

討伐隊長が答えた。

「砦には囚われのわらべがいるやろ？　みな解き放って、里へ返してやりたいんや」

鬼市の声に力がこもった。

「わいのせがれの熊吉もいる。返してくれ」

熊太郎がここぞとばかりに言った。

「かしらは死んだ。義理立てする者はもはやいないはずだ」

新兵衛が言う。

「江戸の氏神様がいるけどな」

嘉助は答えた。

「鳥居耀蔵か」

新兵衛はかつての上役の名を出した。

「そや。この裏伊賀は、鳥居様の肝煎《きもい》りででけたんやさかいに」

嘉助が言った。

「江戸から追っ手は来《け》えへんで、嘉助はん」

鬼市は説得を続けた。

「あんたはもうええ歳に見える。そろそろ隠居する頃合いだで」

大悟が言った。

「仏門に入り、死んでいった忍の卵たちの菩提を弔《とむら》うのはどうだ。麓《ふもと》の寺の住職に話をするぞ」

新兵衛が水を向けた。

「ああ、それはええ。ほんまは情のある嘉助はんにはお似合いや」

鬼市がすぐさま賛意を示した。

「しばし待て」

嘉助の声が返ってきた。

どうやら心を動かされたらしい。

提灯を提《さ》げたもう一人の男と、指南役はしばらく話しこんでいた。

谷のほうから狼《おおかみ》どもの遠吠《とおぼ》えが聞こえてくる。

裏伊賀から逃れるために、狼どもが巣食う谷へ決死の覚悟で下りていった日のことを思い出しながら、鬼市は返事を待った。

「分かった」

ややあって、嘉助の声が聞こえてきた。

それに続いて、軋《きし》み音《ね》が響いた。

「おお」

新兵衛が声を発した。

隠れ砦に通じる跳ね橋が下ろされてきたのだ。

四

月あかりに照らされた跳ね橋の上を、討伐隊は慎重に進んだ。

中途で橋が上がったりはしなかった。裏伊賀の討伐隊の面々はみな無事に橋を渡りきった。

「ご無沙汰《ぶさた》で、嘉助はん」

提灯を提げて待っていた指南役に向かって、鬼市は頭を下げた。

「ええ面構えになったな」

嘉助はわずかに笑みを浮かべた。

「いろいろ難儀をしたんで」

鬼市は答えた。

「その腕はどないしたんや」

今度は風に向かって、指南役はたずねた。

「追っ手にやられた。いまは隻腕の抜《ぬ》け忍《にん》や」

風が答えた。

その後はしばらく互いに紹介をし合った。

嘉助とともにいたのは、わらべさらいの隊長で甚造《じんぞう》という名の男だった。

かしらに逆らえばすぐ殺《あや》められてしまうため、心ならずもわらべをさらっていたが、心はずっと痛んでいた。嘉助が仏門に入るのなら、おのれもともに出家したい。

甚造は神妙な面持ちでそう言った。

「いい心がけだ。悔い改めるに遅すぎることはなかろう」

新兵衛が言った。

「これからの精進次第だで」

大悟も和した。

「へえ」

わらべさらいの隊長だった男は神妙にうなずいた。

「ほな、囚われのわらべたちを解き放ちに。わいのせがれもいるんで」

熊太郎が待ちきれないとばかりに言った。

「洞窟の中の牢《ろう》におりますんで」

嘉助が身ぶりで示した。

そちらのほうへ向かっているとき、赤子の泣き声が響いてきた。

「かしらの子か？」

新兵衛がたずねた。

「そうですねん。かしらが沢山《ようけ》いる女に産ませた子で」

嘉助はいくらか顔をしかめて答えた。

「女たちはかしらに心酔しているのか」

さらに問う。

「嫌々従《したご》うてたもんがほとんどやと思いますわ」

「下山させて、粘り強く相手をすれば大丈夫でしょう」

嘉助は答えた。

大三郎が言った。

「ほな、それも和尚さんの寺で」

鬼市が言った。

「子はどうする。戦国の世なら皆殺しやが」

風が問うた。

また赤子の泣き声が響いてきた。

「赤子に罪はないと思う」

花が言った。

「そや。かしらの子ォでも、育て方次第や」

鬼市がうなずいた。

ややあって、洞窟の入口に着いた。

嘉助が錠を外す。

「ここからが本丸みたいなもんですわ」

留守を預かっていた者が言った。

「よし、行くぞ」

新兵衛が引き締まった表情で言った。

ほどなく、洞窟に通じる重い扉が開いた。

五

「熊吉！　熊吉！」

田舎相撲《いなかずもう》の大関が、こらえきれないとばかりに叫んだ。

「熊吉、おとうや。おとうが助けに来たで」

熊太郎は精一杯の声を張りあげた。

「見張りはいるか」

新兵衛が嘉助に問うた。

「まだちょっとおります」

隠れ砦の留守を預かっていた男が答えた。

「気をつけろ」

龕燈《がんどう》をかざしながら進む大三郎に、新兵衛は声をかけた。

「はっ」

新志館の師範代が気の入った声で答えた。

大悟と花は、かしらの女たちと子供らの救出に当たった。なかにはかしらに脳を洗われており、短刀を手にして向かってきた者もいたが、取り押さえて説得した。

「そのうち雲も晴れる。山を下りるまで辛抱だで」

大悟はそう言って、向かってきた女を後ろ手に縛りあげた。

なかにはほっとしている女もいた。やっとこの洞窟を出られると涙する者もいた。

「もう心配ないさかいに」

花が笑みを浮かべて言った。

だが……。

八幡《やわた》の藪《やぶ》知らずとも言うべき洞窟の奥には、まだ敵が潜んでいた。

「抜け忍、覚悟！」

見張りをしていたかしらの分身が、やにわに鬼市と風の前に現れ、刀を振り下ろしてきた。

「かしらはもう死んだで」

忍び刀で撥《は》ね上げてから、鬼市が言う。

「ぬんっ」

風の隻腕が一閃《いっせん》した。

「ぐわっ」

最後に残った分身は、ひと声発しただけで絶命した。

「おとう！　おとう！」

奥のほうから、わらべの声が聞こえてきた。

「熊吉！」

熊太郎の声も響く。

「錠はいま開けたるさかいに」

嘉助が足を速めた。

「囚われの者をすべて解放してやれ」

新兵衛が言った。

「承知で」

わらべさらいの隊長だった甚造が答えた。

ここからは罪滅ぼしだ。

ややあって、奥から泣き声が響いてきた。

悲しむ声ではない。

熊太郎と熊吉の親子が再会し、うれし涙にくれていた。

「この日を、なんぼ夢見てきたことか。もう放さへんで、熊吉」

田舎相撲の大関が太い腕でわが子を抱く。

「おとう、おとう……」

熊吉は泣きじゃくるばかりだ。

「よかったなあ、熊太郎はん」

鬼市の声も少しかすれていた。

わらべは次々に解放された。

「いままですまなんだ」

「故郷まで気張って帰れ」

嘉助と甚造が半ば涙声で言った。

「麓の寺でひとまず休め。そこから帰る段取りだ」

新兵衛がよく通る声で言った。

「よっしゃ。これでおおかた終わりや」

鬼市が両手を打ち鳴らした。

しかし……。

それで終わりではなかった。

洞窟の奥から、異な声が響いてきたのだ。

ふふふ……

ふふふふ……

「何や」

鬼市が耳に手をやった。

ふふふ……

ふふふ……

また嗤いが響いた。

聞き憶《おぼ》えがあった。

嗤っていたのは、高尾の南だった。

六

洞窟の奥のほうには、牢ばかりでなくかしらの居室もあった。

そこは意外なほど奥行きがあり、天井も高かった。

夜どおし龕燈《がんどう》に火がともっている。高尾の南はここで女を抱き、髑髏盃《どくろはい》で酒を呑《の》んでいた。

その場所に、だしぬけにかしらの嗤い声が響いた。

「うわっ、出よった」

鬼市が声をあげた。

「首か」

風が身構える。

洞窟に出現したのは、胴体と泣き別れになった裏伊賀のかしらの首だった。

探しても見つからなかったものがここにあった。

カッと赤い両眼を見開き、牙のごとき歯が覗《のぞ》く口を開け、洞窟の闇を舞っていた。

「ようやりよったな」

首だけになった高尾の南が言った。

「わいの力を見せたる」

洞窟じゅうに胴間声《どうまごえ》が響きわたった。

「うわっ」

鬼市は思わず身をかがめた。

首だけになったかしらの口から、勢いよく火が放たれたのだ。

まるで龍だ。

怒りに狂った龍のようだ。

「喰《く》らえっ。燃えてまえ」

火の玉のごときものが次々に放たれた。

「阿《あ》！」

風が唐突に叫《さけ》んだ。

一瞬、何のことかと思ったが、鬼市は我に返った。

そや、お経や。

敵はこの世のものやない。

首だけになってもまだ迷てる哀れなやつや。

成仏させたらなあかん。

心にようやく少し余裕が生まれた。

「色不異空《しきふいくう》、空不異色《くうふいしき》、色即是空《しきそくぜくう》、空即是色《くうそくぜしき》……」

鬼市は一心に経を唱えた。

「無眼耳鼻舌身意《むげんにびぜっしんに》……」

風も和す。

「あほだらがっ」

虚空を舞う首が叫んだ。

また火を吐く。

それは洞窟の中に据えられた酒瓶を置く棚などに燃え移っていった。

「煙に巻かれるぞ」

うしろから新兵衛の声が響いた。

鬼市は断を下した。


ここは敵陣みたいなもんや。

首だけでも侮《あなど》ったらあかん。

いったん退却や。


「外へ出るで」

鬼市は風に言った。

「おう」

隻腕の抜け忍が動く。

一心に経を唱えながら、鬼市と風は逃げた。

「外へ出ろ」

「火の手が回るぞ」

遠くで声が聞こえる。

ほかの面々は出口へ急いでいるようだ。

おのれらっ。

逃がさんぞ。

高尾の南の声がいやに近くで響いた。

「うわっ」

鬼市は叫《さけ》んだ。

肩に激痛が走る。

振り向くと、目と目が合った。

裏伊賀のかしらの首が、肩にがっしりと嚙《か》みついていた。

七

「無眼耳鼻舌身意！」
風の声が高くなった。
「てやっ」
隻腕の抜け忍の右腕が動いた。
剣が一閃する。
それは高尾の南の顔を真っ二つに叩《たた》き割っていた。
首が離れた。
風が危難を救ってくれたのだ。
鬼市は肩を回した。
嚙まれたところは痛むが、動く。
二つに割られながらも、高尾の南の首はなおも動いていた。
やみくもに火を吐く。
その炎が次々に燃え移る。

「逃げろっ」

鬼市が叫んだ。

「おう」

颪が答えた。

出口が近づいたところで、かしらたちに追いついた。

「火が回る。早《はよ》う」

鬼市は口早に言った。

「分かった。わらべも女たちも逃がした」

足を動かしながら、新兵衛は答えた。

ようやく外に出た。

月あかりが目を射るほど濃く感じられた。

風が吹いている。

その感触が何よりありがたかった。

「鬼市さん、大丈夫？」

花が声をかけた。

「大丈夫や。かしらの首に肩を嚙まれたけどな」

鬼市はそう言ってまた肩を回した。

そのとき、地鳴りがした。

洞窟のほうから轟音《ごうおん》が谺《こだま》したかと思うと、やにわに火の手が上がった。

「きゃあっ」

逃げ出した女が手で頭を覆う。

砕け散った石が雨あられと降ってきたのだ。

「逃げろ」

新兵衛が跳ね橋のほうを指さした。

「爆発するぞ」

大三郎も切迫した声で言った。

「おとうがつれてってやる」

熊太郎が熊吉を抱き上げ、急ぎ足で歩きだした。

さらに轟音が響きわたった。

岩山が割れ、火柱が噴き上がる。

火の手は裏伊賀の隠れ砦に次々に燃え移っていった。

「急ぐんや。跳ね橋が燃えるで」

鬼市が指さした。

橋の一部にはもう火が燃え移っていた。

橋が落ちてしまえば、もう通れない。

「急げ」

新兵衛が叱咤《しった》した。

熊吉を抱えた熊太郎が渡った。大悟と花も女たちをつれて逃げる。

「大丈夫や。橋を渡ったらしまいや」

嘉助が泣き叫《さけ》ぶわらべたちをなだめた。

「よし、渡れる」

大三郎が足を速めた。

最後に、鬼市と風が渡りきった。

その一瞬のちに、跳ね橋は炎上して崩れ落ちた。

ひときわ激しい火柱が噴き上がった。

岩山が崩れる。

裏伊賀のかしらの断末魔の悲鳴に似た轟音が響き、真っ赤に焼けた石つぶてがほうぼうに飛び散った。

そして、静かになった。

裏伊賀の隠れ砦は、全きまでに崩れ落ちた。

第十章　別れのとき

一

「気をつけろ。石が飛んでくるぞ」

新兵衛が言った。

「両手を頭にやって防ぎながら」

大三郎が手本を示しながら速足で進む。

「槍《やり》が邪魔だで」

大悟が苦笑いを浮かべた。

「うっ」

鬼市が顔をしかめた。

頭を防ごうと手を挙げたとき、肩がずきっとうずいたのだ。
高尾の南に嚙《か》まれたところだ。
先に鉄砲の傷も負っている。ほうぼうに痛みがあった。
それでも、気は晴れ晴れとしていた。
大きな岩に寄りかかって後方を見ると、まだ赤いものが見えた。
裏伊賀の隠《かく》れ砦《とりで》が炎上している。
跳ね橋も、物見櫓《ものみやぐら》も燃え落ちただろう。

これでええ。
跡形もなくなってしもたらええ。
裏伊賀は、この世にあったらあかんとこやった。
鬼市はまた動きはじめた。
勢いをつけすぎないように下っていく。
前には花がいた。
「足元に気ィつけや」

鬼市は声をかけた。
「うん。よう見てる」
花の声が返ってきた。
このまま麓《ふもと》へ下りれば、花と一緒に故郷を探すことができる。
やっとここまで来られた。
もうかしらの嗤《わら》い声は響かない。
呪縛は解けた。
裏伊賀は崩壊した。

夢やない。
ほんまのことや。
もう追っ手は来《け》えへん。
裏伊賀はなくなってしもたんや。
改めてそう思うと、鬼市は腹の底から安堵《あんど》した。
坂を下りる足に、ひときわ力がこもった。

二

曲がりくねった松を過ぎ、討伐隊は順調に下山を続けた。

「源太郎のむくろを寺へ運ばねばなりませんね」

大三郎が言った。

「そうだな。竹吉のむくろもだ」

新兵衛は答えた。

「竹吉のは背負って行きますで」

いくらか前を歩いていた大悟が言った。

「そうか。ならば、槍は代わりにおれが運ぼう」

新兵衛は請け合った。

「ああ、頼みます」

大悟は答えた。

「源太郎はそれがしが背負います」

大三郎は、友がまだ生きているかのように言った。

「寺まで運ぶのは難儀だが、頼むぞ」

新兵衛が言った。

「はい」

大三郎は気の入った声で答えた。

むくろはもう一つあった。

首を斬り落とされた高尾の南の胴体だ。

まだ立っているかと思いきや、そうではなかった。

裏伊賀のかしらの胴は横倒しになっていた。

鳥が群がり、むくろをついばんでいる。

「失せろ」

新兵衛が追い払うと、鳥たちはいっせいに飛び立った。

月あかりが無残なものを照らす。

「もう復活はない」

新兵衛が言った。

「この姿でむくむくと起き上がったら恐ろしいが」

風が指さす。

「やめてくれ。気色悪ぃ」

鬼市が顔をしかめた。

「これはこのままで?」

大三郎が問うた。

「鳥や獣が食い散らかして骨にしてくれるだろう。それが似合いだ」

新兵衛は答えた。

「成仏せぃ」

かたわらを通り過ぎるとき、鬼市は軽く両手を合わせた。

怪しい声は響かなかった。

胴だけになった高尾の南は、むくろのまま変わらなかった。

三

「江戸までは連れて帰れぬが、堪忍せぃ」

背に源太郎のむくろを負った大三郎が言った。

「こうしてむくろを背負うてると、さまざまなことが思い出されてくるのう」

大悟がしみじみと言う。

こちらの背には竹吉のむくろが乗っていた。

「松吉の隣に埋めてやるからな」

新兵衛が言った。

「そっちにも桜の木を植えてもらいましょ」

鬼市の言葉に、花がうなずいた。

「兄弟桜か。さぞや美しい花が咲くだろう」

かつて双子の十手《じって》持ちを使っていた元同心が言った。

「かしらたちが江戸へ戻ったあとは、わいらが代わりに桜守をしますんで」

鬼市は花のほうを手で示した。

「そうか。おまえらは里探しが残っているのだな」

と、新兵衛。

「へえ。まずは寺に落ち着いてからで」

鬼市は答えた。

「つらいこともあれば、めでたいこともある」

竹吉のむくろを背負った大悟が言った。

「はい」

花が短く言った。

列の前のほうから笑い声が響いてきた。

笑ったのは熊太郎だった。

わが子と再会した当座はひたすら涙だったが、下山してだいぶ心に余裕が生まれてきたようだ。

「赤子も泣きやんだようだな」

新兵衛が言った。

「かしらの子ォをおっかさんが育てるのは難儀かも」

鬼市が首をかしげた。

「無理に産ませられた子だからな。そのあたりは、大然和尚と相談だ」

新兵衛が言う。

「まだまだやることは沢山《ようけ》ありますな」

鬼市はそう答えて腕を回した。

嚙まれた傷の痛みは、かなりましになってきた。

四

難儀をしたが、ようやく大然和尚の寺に着いた。

まだ夜明けには間がある頃合いだった。初めこそ眠そうな顔をしていた和尚だが、湯を沸かし、隠れ砦から助け出された女やわらべたちの寝床を整えてくれた。

「何か胃の腑《ふ》に入れんと」

和尚が言った。

「芋粥《いもがゆ》でもつくりますでの」

大悟が申し出た。

竹吉と源太郎のむくろは、ひとまず墓所に置いた。埋葬は夜が明けてからだ。

「ああ、それはよろしいな。甘藷《かんしょ》はありますさかいに」

和尚は笑みを浮かべた。

ややあって、あたたかな芋粥ができあがった。

「ほっとするな」

新兵衛が笑みを浮かべた。

「ああ、生きてるでっちゅう味ですわ」

鬼市がうなずく。

「傷はどう？」

花が気づかった。

「おまえに布巻きしてもろたおかげで良うなった。もう大丈夫や」

鬼市はそう答えて、残りの芋粥を胃の腑に落とした。

「あんまり無理せんといて」

「ああ、分かった」

花に向かって、鬼市は笑顔で答えた。

裏伊賀の指南役だった嘉助と、わらべさらいの隊長だった甚造は、大然和尚にいきさつを述べ、出家したいと申し出た。

「いままで忍の卵がいくたりも命を落としてきました。かしらを止めよとしたらわが身がやられてまうんで仕方なかったとはいえ、罪深いことですわ。髪を下ろして仏門に入って、死んだもんの菩提《ぼだい》を弔《とむろ》うてやりたいと」

嘉助は切々と訴えた。

「同じで。このままやと地獄へ行かんならん」

甚造も言った。

そのやり取りを聞いて、隠れ砦から逃れてきた女たちからも声があがった。

「うちも出家したいです。裏伊賀とかしらのことを忘れて、仏門に入りたいです」

ある女がそう訴えた。

「子ォはかわいそうやけど、かしらの子はよう育てられん」

べつの女が涙を流す。

隠れ砦から来た者たちの話を、大然和尚はひとしきり親身になって聞いた。

「分かった」

しばし思案してから、和尚は言った。

「みなこの寺で修行をしたらええ。子ォはみんなで育てて、いずれ里子に出せるもんは出したらええ」

和尚はそう言ってうなずいた。

「わいらも落ち着いたら助けに来ますんで」

鬼市が請け合った。

「ああ、頼む」

和尚が笑みを浮かべた。

「これだけの大所帯でやっていけますか」

新兵衛が気づかった。

「土地はなんぼでもありますんで、田畑を広げておのれで食べるものはおのれで育てるようにしたら大丈夫かと」

和尚は答えた。

「寺も広いですからな」

大悟が言う。

「まあ、何とかなりますやろ」

和尚は笑みを浮かべた。

本堂に敷いた布団《ふとん》から寝息が聞こえるようになった。わらべも女もさすがに疲れたのだろう。

ほどなく、一番鶏が鳴いた。

伊賀の辺境の寺に朝が訪れた。

五

「よっしゃ、これでええ」

熊太郎が鍬《くわ》を置いた。

「さすがは田舎相撲《いなかずもう》の大関だで」

一緒に手伝っていた大悟が言った。

「わいのつとめは、ここまでやさかいに」

熊太郎はそう言って額の汗をぬぐった。

翌日は好天になった。

まずは源太郎と竹吉の埋葬をせねばならない。大男が力を振るい、いま墓穴を掘り終えたところだ。

「では、下ろすか」

新兵衛が大三郎に言った。

「はい」

大三郎は短く答えると、源三郎のむくろに歩み寄った。

熊太郎と二人がかりで墓穴に入れ、土をかける。

「さらばだ、源太郎」

大三郎がかすれた声で言った。

竹吉の墓は兄の松吉の隣だった。

「成仏せい」

大悟が両手を合わせた。

鬼市も続く。


竹吉はん、長いことおおきに。

いろんなことがあったわ。

あれもこれもと思い出されてきて、泣けてきてまう……。


鬼市は目元に指をやった。

大三郎は懸命に涙をこらえていた。肩がわずかに震えている。

土をかけ終えると、花を手向けた。

「そのうち、桜も植えるでの」

和尚が言う。

「では、弔いを」

新兵衛がうなずいた。

「承知しました」

大然和尚のお経が始まった。

ひときわよく通る声で唱える。みな神妙な面持ちで聞いていた。

「なら、わいらは家が近いさかいに、戻らせてもらいますわ」

お経が終わり、一段落ついたところで熊太郎が言った。

「ああ、お疲れやったな」

和尚が労をねぎらう。

「世話になった。よく助っ人に入ってくれた。礼を申す」

新兵衛が頭を下げた。

「何の。こちらこそ、おかげでせがれを助け出せたんで」

田舎相撲の大関が笑った。

周りまであたたかな心持ちになるいい笑顔だ。

「わいらは近くに住むことになるんで」

鬼市が言った。

「ああ、よろしゅう頼むわ」

熊太郎は白い歯を見せた。

「寺の田畑も耕してもらわんと」

和尚が言った。

「やることが沢山《ようけ》あるわ」

熊太郎がそう答えたから、周りに和気が漂った。

「なら、気をつけて」

一緒に戦った大悟が感慨深げな面持ちで言った。

「ああ、そちらこそ」

熊太郎が右手を挙げる。

「おとうと一緒に、達者で暮らせ」

最後に、新兵衛が熊吉の頭に手をやった。

「はいっ」

助け出されたわらべが元気よく答えた。

六

熊太郎と熊吉を見送ったあとも、寺の動きはあわただしかった。

嘉助と甚造、それに希望した女たちの得度もまとめて行うことになったからだ。善は急げだ。

尼僧の衣裳の備えはないが、いずれ伊勢から取り寄せることができる。まずは髪を下ろし、心だけ出家するという段取りだ。

大然和尚が経を唱えながら、一人ずつ頭を丸めていく。

鬼市と花も助手として手助けをした。みな神妙な面持ちだった。

「さっぱりしましたわ」

得度を終えた嘉助が、髷のなくなった頭に手をやった。

「これで生まれ変わるつもりで」

甚造も剃《そ》りたての頭にさわる。

出家を望んだ女は三人いた。

「見慣れんとおかしいわ」

「みんな一緒やさかいに」

「これからは尼さんやね」

「まだお経も何にも知らんけど」

下山するときとは違って、髪を下ろしたての女たちの口数は多かった。

「ぼちぼち教えていくんで。ちょっとずつ憶《おぼ》えてください」

大然和尚が温顔で言った。

「いっぺんには無理ですわ」

嘉助が笑みを浮かべた。

「ゆっくりいきましょう」

「なんや楽しみになってきたわ」

「ここに骨を埋めるつもりで」

女たちがやわらいだ表情で答えた。


一方、本堂のべつの一角では、さらわれたわらべたちの聞き取りが行われていた。

床には伊勢の地図が広げられている。寺でいちばん詳細な地図だ。

「何でもよい。さらわれた里の手がかりになりそうなことを伝えよ」

新兵衛が言った。

書き役は大三郎がつとめていた。大悟と風もいる。

江戸へ帰るには、伊勢を通る。そこで、わらべたちの里を探し、親きょうだいのもとへ送り届けるつもりだった。

「曲がりくねった松があったとか、お地蔵さんを見たとか、そんなささいなことでもええぞ」

風が言った。

「この男は忍《しのび》ゆえ、常ならぬ勘が働く。さらわれた里の近くを通れば気配を察知することができるからな」

新兵衛が隻腕の抜け忍を手で示した。

鬼市と花はおのれがさらわれた近在の里を探し、首尾よく見つけたあとはそこで暮らすつもりだが、風にはそういう肚《はら》はないようだ。

「もし見つからへんだら？」

一人のわらべが不安げに訊いた。

「そのときは江戸へ来い。おれは道場を開いている。下働きのつとめはあるし、屋敷で小者として雇ってやってもいい。案ずるな」

新兵衛が答えると、わらべはほっとした顔つきになった。

一刻（約二時間）ほどかかったが、すべてのわらべの聞き取りが終わった。

「よし。今日はもうひと晩ここに泊まって、明日の朝、出立する。よいな？」

新兵衛はわらべたちの顔を見回した。

「へえ」

「承知で」

解放された者たちの声が弾んだ。

七

その日の夕餉《ゆうげ》はうどんになった。

「明日はお別れだで。気を入れて打つぞ」

大悟が腕まくりをして麺《めん》を打った。

「八丁味噌《みそ》がないのは残念やけど」

屋台と同じように助手をつとめる鬼市が言った。

「ただの味噌でもうまいでよ」

大悟の髭面《ひげづら》が崩れた。

「天麩羅《てんぷら》も揚げますので」

花が厨《くりや》の奥で言った。

女たちも手伝い、支度がだんだんに整っていった。

そろそろ桜が咲きだした頃合いだが、風はまだまだ冷たい。味噌仕立てのうどんは五臓六腑にしみわたるかのようだった。

「こしがあって、うまいわ」

嘉助が笑みを浮かべた。

「ほんまや。こんなうまいうどん、食うたことない」

甚造も和す。

天麩羅も次々に揚がった。

「堂に入ったもんやな」

花の手つきを見て、鬼市が感心したように言った。

「八丁堀のお屋敷でやってたさかいに」

花は答えた。

「ああ、そうか。もう遠い昔の話みたいやな」

鬼市は苦笑いを浮かべた。

筍《たけのこ》にたらの芽に野蒜《のびる》。天麩羅は次々に揚がった。

そのまま塩で食しても良し、うどんに入れても良し。花の揚げた天麩羅はちょうどいい塩梅で、衣がさくさくしていた。

「寺方ゆえ、山女魚《やまめ》などは出まへんけどな」

大然和尚がややすまなそうに言った。

「それは帰りにどこぞで」

新兵衛がそう言って笑った。

好評のうちに、大悟が打ったうどんはきれいに平らげられた。

八

囚《とら》われていたわらべや女たちは先に休んだが、明日は別れになる者たちは般若湯《はんにゃとう》を酌み交わしながら、なお本堂で過ごした。

「どこへ行くかは決めてへんの？」

花が風にたずねた。

抜《ぬ》け忍《にん》が三人で動くのも今夜かぎりだ。

「ああ」

隻腕の抜け忍は短く答えて、湯呑みの酒をいくらか呑んだ。

「おまえは風やさかいにな」

下戸の鬼市が茶を啜《すす》る。

「江戸へ戻るつもりは？」

花がなおも問うた。

「八丁堀にか」

風が問い返す。

「うん」

花はうなずいた。

「それはない」

風はきっぱりと言った。

「一つところに落ち着くつもりはないわけやな」

鬼市が笑みを浮かべた。

「ああ。風は、吹きたいところで吹く」

隻腕の抜け忍は、おのれの胸を軽く指さした。

「おまえらしいわ」

と、鬼市。

「おまえらは、里が見つかったらずっとそこで落ち着くんやな」

今度は風がたずねた。

「わいは、ほんまもんの忍になるつもりや」

鬼市は答えた。

「ほんまもんの忍か」

と、風。

「そや。人を殺《あや》める術ばっかり身につけるのが忍やない。そういう忍の修行をさせるために、ほうぼうからわらべをさろてきた裏伊賀は何から何まで間違うてた。人の道から外れてた。外道のやることや。ほんまもんの忍は、そんなことせえへん」

聞いていた花がうなずく。

鬼市はさらに続けた。

「ほんまもんの忍は、おのれに術があることを隠して、田んぼや畑を耕しながら平穏に暮らすねん。ほんで、里に何か事があったら、そこで初めて敵と戦うねん。それがほんまもんの忍や」

裏伊賀から抜けてきた男の言葉に力がこもった。

「八丁堀の忍は、名もなき里の忍になるわけやな」

風がそう言って湯呑みの酒を呑んだ。

「そや。名もなき里の忍や」

鬼市はそう答えて、花の顔を見た。

くノ一だった女が笑みを浮かべてまたうなずいた。

九

別れのときが来た。

支度を整えた新兵衛たちは、大然和尚の寺から伊勢へ向かうことになった。

大三郎と大悟、それに凪。あとは伊勢で里を探すわらべや女たちだ。

「世話になりました、和尚さま」

新兵衛が頭を下げた。

「くれぐれも気をつけて」

和尚は両手を合わせた。

髪を下ろしたばかりの嘉助と甚造、それに三人の尼僧もいる。

「達者に暮らせ」

今度は鬼市と花に向かって、新兵衛は言った。

ちだった。

これが永《なが》の別れになるかもしれない。去るほうも送るほうも、みな感慨深げな面持

「はい……世話になりました」

のどの奥から絞り出すように、鬼市は言った。

「何から何まで……」

花の言葉が途切れる。

「故郷が見つかるように祈ってるでの」

大悟が情のこもった顔つきで言った。

「うどんを食うたびに、大悟はんのことを思い出しますんで」

と、鬼市。

「それだと、わしが死んだみたいだで」

大悟がそう言ったから、湿っぽかった場の気がいくらかやわらいだ。

「なら、握り飯もたんとあるし」

新兵衛が背に負うた嚢《ふくろ》を手で軽くたたいた。

寺に残る尼僧たちが早起きして、道中に食す握り飯をたくさんつくってくれた。

「そろそろ、おいとまいたしましょうか」

大三郎が言った。

「お達者で」

花が笑みを浮かべた。

「鬼市と二人で、むつまじく暮らせ」

新兵衛が白い歯を見せた。

「はい。志乃《しの》さまとお子さまたちに、くれぐれもよろしゅうお伝えくださいまし」

花はそう言って瞬《まばた》きをした。

「ああ、伝えておこう」

新兵衛はそう答えると、何かを思い切るように向き直った。

「よし、行くぞ」

一緒に伊勢へ向かう者たちに言う。

里探しが待ち遠しいのか、すぐ動きだしたわらべや女もいた。

「気をつけて」

「里が見つかるように」

「お達者で」

寺に残る者たちが口々に言った。

しんがりを歩くのは、風だった。

「風」

鬼市が仲間の名を呼んだ。

一瞬、間があった。

「さらばだな」

風は隻腕を挙げ、渋く笑った。

長く忘れがたい顔だった。

そして、きびすを返し、鬼市と花の前から去っていった。

二度と振り向くことはなかった。

その背中が見えなくなるまで、鬼市はじっと見送っていた。

終章　本物の忍

一

「次はあんたらの番やな」

大然和尚が言った。

「へえ。道は教えてもろたんで」

鬼市が答えた。

「同じ伊勢でも、伊賀地は隠れ里みたいになってるさかいに」

和尚が言った。

新兵衛たちが帰っていった道とは違う抜け道をたどれば、伊賀地という里に着くという話だった。裏伊賀が悪さを繰り返す伊賀から伊勢へ逃れてきた人々が住み着いた山間《やまあい》の里だ。

「なんだかどきどきしてきました」

花が胸に手をやった。

花が生まれ育った里は、奥鹿野《おくがの》という名のようだった。前に鬼市の命の恩人とも言うべき平作《へいさく》と話をしているときに分かった。奥鹿野から逃れてきた人々が伊賀地に住んでいるのは、平作によるとたしからしい。鬼市に関してはまだ手がかりはないが、花は違う。大いに望みがあった。

「これからは、ええことばっかりやで」

坊主頭になった嘉助が笑みを浮かべた。

大然和尚から「大」の字をもらい、大嘉《たいか》と名を改めている。同じように得度した甚造は大甚《たいじん》だ。

「そやとええねんけど」

鬼市が言った。

「必ず親きょうだいを見つけるっちゅう気合でいかんとな」

大然和尚が言った。

「そうですな」

鬼市は顔を上げた。

「ほな、そろそろ」

花がうながす。

「気張ってくださいね」

「お祈りしてますんで」

「気ィつけて」

剃《そ》りたての頭の尼僧たちが口々に言った。

「はい、行ってきます」

鬼市の声に力がこもった。

二

伊賀地への抜け道は険しかった。

和尚から教わった道祖神などを目印に、鬼市と花は慎重に歩を進めた。

「隠れ里やさかいに、道も分かりにくいんや」

鬼市が草をかき分けながら進む。

「でも、だいぶ近づいてきたみたい」

花が答えた。

「そやな。臭《にお》いがするで」

鬼市が鼻に手をやった。

人が住んでいれば、竈《かまど》から煙が立ちのぼる。その臭いがそこはかとなく伝わってくる。

「ここを上ったら見えるかも」

花が言った。

険しい上りにさしかかったところだ。

「そやな。そんな気がする」

鬼市は張りのある声で答えた。

やがて、上りが終わった。

「家や」

鬼市が指さした。

藁ぶきの小さな屋根がいくらか離れたところに見えた。

隠れ里にふさわしく、開けたところではなかった。それでも、段々畑や棚田がいくつか見える。

「下りてみよ」

花がうながした。

「ああ、だれかいるかしれん」

鬼市は足を速めた。

「あっ、あそこに畑を耕してる人が」

目のいい花が先に気づいた。

「ほんまや。訊《き》いてみよ」

鬼市が近づいた。

「すんまへーん」

大きな声で呼びかけると、畑仕事をしていた男が手を止めた。

「わいら、伊賀の大然和尚はんのとこから来ましてん」

鬼市は言った。

「ああ、和尚はんの」

よく日に焼けた男が答えた。

「親きょうだいがこの里で暮らしてるんやないかっちゅうことで、探しにきたんですわ」

鬼市はそう告げた。

「はぐれてしもたんか」

四十がらみの精悍《せいかん》な顔つきの男が問う。

「はぐれたっちゅうより……」

鬼市は小首をかしげた。

「ちゃんとありのままを言うたほうがええと思う」

花が言った。

「そやな」

鬼市はうなずいた。

その後はしばらく、畑仕事をしていた男に向かって、いきさつをかいつまんで伝えた。

鬼市も花も裏伊賀にさらわれたこと。忍《しのび》の修行をさせられ、紆余曲折《うよきょくせつ》はあったが、裏伊賀は討伐され、隠《かく》れ砦《とりで》は跡形もなくなったこと。討伐を終えて麓《ふもと》へ下り、生き別れになった親きょうだいを探しにきたこと。

鬼市と花の話を、男は親身になって聞いてくれた。

「人さらいが出るさかいに、みなこの里に隠れてるんや。そうか、悪いやつらは滅びたんか」

男はほっとしたように言った。

「かしらも死にました。もう大丈夫で」

鬼市は言った。

「砦に囚《とら》われていたわらべなども、みな解き放たれたので」

花も和す。

「なら、もう人さらいは出えへんのか」

男が問うた。

「人さらいの隊長やった人は、悔い改めて大然和尚さんの下で修行してますわ」

鬼市は笑みを浮かべた。

「そうか……それは良かった」

男は感慨深げな面持ちで言った。

「で、ここにいる花が生まれ育った奥鹿野の人が、この伊賀地に来てはるっちゅううわさを耳にしたんですけどなあ」

鬼市は花を手で示した。

「伊賀地はほうぼうの小《ち》っさい里の寄せ集めみたいなとこやさかい。世話役の庄太郎《しょうたろう》はんとこへ案内したろ。それで何か分かるかもしれん」

男はそう言ってくれた。

「ぜひお願いします」

花がさっと頭を下げた。

三

男の名は寅吉《とらきち》といった。

世話役の家へ向かうあいだも、寅吉はさまざまな質問をして少しでも役に立とうとしてくれた。

「わいによう似た顔の人に心当たりはありまへんかいな」

鬼市は望みをかけて問うた。

「さあ、それは」

寅吉は首をかしげた。

「伊賀地はほうぼうに分かれてるさかいに、わいもよう知らん人がおる。そのあたりは庄太郎はんに訊いてみてくれ」

「庄太郎はんなら分かりまっしゃろか」

鬼市はなおも問うた。

「当人が分からんでも、人を紹介してくれるさかいに」

寅吉は笑みを浮かべた。

「きっと分かると思う」

花が言った。

「おまえだけ分かって、わいだけ分からんかったらかなんな」

鬼市は少し顔をしかめた。

「そのときは一人で出ていく？」

花が不安げに訊いた。

「いや」

鬼市は首を横に振った。

「おまえと一緒に暮らすことに決めたんや。外へ探しに行くことがあるかもしれんけど、必ずおまえのもとへ帰ってくる」

その答えを聞いて、花は安堵《あんど》の表情になった。

「あそこや」

ややあって、寅吉が前方を指さした。

小体《こてい》な段々畑の向こうに家が見えた。

「跡取りはんが畑を耕してるわ。おーい……」

寅吉が声をかけた。

「あっ、寅吉はん」

世話役の跡取り息子とおぼしい男が気づいて答えた。

「客を連れてきた。わらべのころに伊賀でさらわれて、いままで難儀してたらしいんや」

寅吉は鬼市と花のほうを手で示した。

「さらわれた？」

跡取り息子は鍬《くわ》を置いた。

「わいは鬼市。こいつは花。どっちも裏伊賀っちゅう地獄みたいなとこで修行させられてましてん」

鬼市は口早に告げた。

「その悪いやつらは、江戸から来た討伐隊が退治してくれたらしいんやがな」

寅吉が言った。

「そうか、そらひと安心や……あっ」

跡取り息子が何かに思い当たったような顔つきになった。

「どないしたん」

寅吉が問う。

「ここの川上に、おすまはんっていう人が住んでるねん。せがれ二人と一緒に川魚を釣って、よう運んでくれるんや。わいらは代わりに米や味噌《みそ》や畑のもんを渡してる」

跡取り息子が答えた。

「そのおすまという女の人が……」

何かを察したように、花が間合いを詰めた。

「おまはんに顔がそっくりなんや」

跡取り息子はそう言って瞬《まばた》きをした。

四

これは間違いないやろ。

花のおっかさんや。

とうとう見つかったんや。

鬼市の胸に熱いものがこみあげてきた。

花の顔も上気している。

とにもかくにも、世話役の庄太郎に会うことになった。

跡取り息子の名は仁助《にすけ》だった。顔なじみのおすまの娘とおぼしい女を案内してきたと、仁助は父親に興奮気味に伝えた。

「おすまはんの娘はんやて?」

庄太郎が急いで出てきた。

「そや。この人や」

仁助が花を手で示した。

「あっ、ほんまや」

世話役の表情が変わった。

「似てるやろ?」

せがれが言う。

「そっくりや。目ェが大きゅうて、鼻筋がすっと通ったべっぴんはんや」

庄太郎が興奮気味に言った。

「やっぱり、うちのおっかさんですやろか」

花はそう言って瞬きをした。

「そういうたら、子ォをさらわれたて言うてたわ。間違いないで」

世話役が両手を軽く打ち合わせた。

「よかったな、花」

鬼市が声をかけた。

「うん」

花は感慨深げにうなずいた。

「おまはんは？」

庄太郎が鬼市に問うた。

「わいは一緒に裏伊賀から抜けてきた者で、仮の名ァを鬼市と言います」

一緒に抜けてきたわけではないが、鬼市は方便でそう答えた。

「伊賀に残ってる大然和尚はんのとこにいてはったそうで」

寅吉が伝える。

「そうか。なら、昼餉《ひるげ》が終わったら、おすまはんのとこへ行きまひょ。あんたらもどないや。筍飯《たけのこめし》とか、そんなもんやけど」

世話役が水を向けた。

「ほな、せっかくやからいただきますわ」

鬼市が答えた。

「わいは畑仕事が残ってますんで」

案内役をつとめてくれた寅吉が言った。

「世話をかけました」

鬼市が頭を下げる。

「おかげで助かりました」

花も続いた。

寅吉を見送ったあと、みなで昼餉を食した。

跡取り息子の仁助には女房と子供がいた。まだ小さい弟や妹もいる。大所帯の家族は、見慣れない客をやや警戒の面持ちで見ていた。

「これはうまいわ」

鬼市が笑みを浮かべた。

筍がふんだんに入った炊き込みご飯に、薇《ぜんまい》や蕗《ふき》の薹《とう》などの山菜の煮物や天麩羅《てんぷら》。具だくさんの味噌汁《みそしる》。どれも心にしみる味だった。

「おすまはんと息子はんらが運んでくれる山女魚《やまめ》があったら良かったんやけど」

庄太郎が言った。

そこからまた、花の母と思われるおすまの話になった。

残念なことに、花の父親と思われるつれあいは病で数年前に亡くなっていた。二人の息子がおすまとともに暮らしており、上の息子には女房子供もいるらしい。

「そうですか。おとっつぁんはもう……」

花が少し肩を落とした。

「おっかさんと兄ちゃんらがいるだけでありがたいこっちゃ。そう思え」

鬼市が言った。

「うん、そやね」

花はすぐ切り替えた。

ほどなく、支度が整った。

仁助を案内役として、鬼市と花はおすまの住まいへ向かった。

五

一行は小川沿いにうねうねとした路を進んでいった。

途中に人家はあったが、人影はなかった。

「住んでるもんでも、ときどき迷いかけるんで」

仁助が苦笑いを浮かべた。

「分かれ道がありますさかいにな」

鬼市が言った。

「そうそう。目印を憶《おぼ》えとかんと」

仁助が答える。

花がふっと一つ息をついた。

いよいよ親きょうだいに会えると思うと、やはり胸が高鳴るようだ。

「落ち着いていけ、花」

鬼市が振り向いて言った。

「うん」

花は笑みを浮かべた。

さらに進むと、わずかばかりの棚田と畑があった。

そこに人がいた。

「おお、丑松《うしまつ》はんや」

仁助が声をあげた。

「たぶん、あんたの上の兄ちゃんやで」

仁助は花に向かって言った。

花が緊張の面持ちでうなずく。

「丑松はーん」

仁助は声をかけた。

畑仕事をしていた男が手を止める。

「何や、仁助か。どないしたん」

丑松がたずねた。

「おまはんが小っさいころにさらわれた妹が見つかってん。おすまはんに顔がそっくりや。囚われてたとこから仲間と一緒に逃げてきてん」

仁助は口早に告げた。

「さらわれた妹が？」

丑松は案内役に連れられた娘の顔を見た。

その顔つきが変わる。

いくたびも続けざまに瞬きをする。

「そっくりやろ？」

仁助は重ねて言った。

「ほんまや……逃げてきたんか」

まだ驚きの色を浮かべて、丑松は問うた。

「裏伊賀っちゅう悪いやつらをみなで退治しましたんや。もう追っ手は来《け》えへん」

鬼市が花の代わりに答えた。

「とにかく、おすまはんに」

仁助がうながした。

「そやな。午次郎《うまじろう》と一緒に山菜採りに行ってるさかいに」

丑松が答えた。

午次郎は弟の名だ。

「ほな、家のほうへ行ってますで」

仁助が言った。

「分かった。呼んでくるさかいに、待っててや」

丑松の表情がようやく少しやわらいだ。

六

小川の水があふれても災いにならないように、おすまの家はいくらか高いところに建てられていた。

広い土地ではないが、そこにもいくらか畑があった。川のほうには生け簀《いす》もあるらしい。

家の前では、茶白の縞模様がある猫がのんびりと昼寝をしていた。

「よしよし」

花がなでてやると、猫は気持ちよさそうにのどを鳴らした。

「猫は好きなんか」

鬼市がたずねた。

「裏伊賀にはおらなんだから」

花は笑みを浮かべた。

「裏伊賀の近くにおったのは狼《おおかみ》くらいやさかいにな」

鬼市はそう言って肩を回した。

高尾の南の首に嚙《か》まれた傷は、もうほとんどうずかなくなった。このまま何事もなく癒《い》えるだろう。

「ええ子やね」

花はなおも猫をなでた。

猫はすっかり気を許し、腹を見せて頭をすりつけてきた。

「いずれ飼うか」

鬼市が言った。

「うん、そやね」

花は乗り気で答えた。

ややあって、家の上手《かみて》のほうで人の話し声がした。

「あ、帰ってきた」

仁助が声をあげた。

猫をなでていた花が立ち上がり、襟《えり》を正す。

鬼市も背筋を伸ばした。
ほどなく、二人の息子とともに、おすまが姿を現した。
言葉がなくても分かった。
名乗らなくても伝わってきた。
血を分けた子だ。
片時も忘れたことがなかった娘だ。
おすまの目から、たちまち涙があふれた。
「おっかさん？」
花がおずおずとたずねた。
ひと呼吸おいて、おすまはうなずいた。
そして、万感の思いをこめて言った。
「お帰り……おさよ」
母は娘の名をそう呼んだ。

七

しばらくは、ただただ涙だった。

無理もない。

わらべのころに悪いやつらにさらわれたわが娘が、成長した姿で生きて戻ってきたのだ。母にとってみれば、夢かと思われるような出来事だった。

花、いや、本名がおさよだと分かった娘にとってみても同じだった。かすかな記憶しかなかった母に、いまこうしてまた巡り合うことができた。胸が詰まって、あとからあとから涙があふれて、とても言葉にならなかった。

丑松と午次郎、二人の兄も感極まっていた。

「生きとったんやな、おさよ」

丑松がくしゃくしゃの顔で言う。

「よう帰ってきた。よう帰ってきた」

午次郎は同じ言葉を繰り返した。

案内してきた仁助も、ひたすらもらい泣きだ。

「よかったな、花」

鬼市が声をかけた。

「いや、もう花とちゃう、おさよや」

そう言い直す。

その言葉を聞いたおさよは、手の甲で涙をぬぐって鬼市を見た。

真っ赤になっているが、きれいな目だ。

「さ、中へ入って。ここがあんたの家やさかいに」

母が言った。

「はい」

帰ってきた娘がうなずいた。

ほどなく、囲炉裏《いろり》に火が入った。

二人の兄が生け簀《す》から山女魚を運んできた。おすまは山菜粥《がゆ》の支度を始めた。

おさよも手伝う。そのさまを、鬼市はあたたかく見守っていた。

よかった。

ほんまによかった。

これでひと安心や。

ずっと花と呼んでたけど、そのうち慣れるやろう。


茶を呑みながら、鬼市は感慨を催していた。

「次は、おまはんの番やな」

仁助が言った。

鬼市をここに残すわけにもいかないから、庄太郎の家まで一緒に戻る肚《はら》づもりだ。

「ああ、そうですな。見つかったらええねんけど」

鬼市は答えた。

ややあって、いささか早いが夕餉《ゆうげ》の支度が整った。

山女魚の塩焼きに、山菜がふんだんに入ったお粥《かゆ》。ただそれだけの夕餉だが、心にしみる味だった。

「おいしい」

おさよが笑みを浮かべた。

「うちの山女魚は伊賀地のほうぼうで喜ばれてるさかいに」

おすまが笑みを返す。

「ほうぼうへ運んでまんのか」

　鬼市が問うた。

「そうそう、この人によう似た人に心当たりはないかしらん。うちと一緒で、わらべのころにさらわれて、隠れ砦で修行させられてたん」

　おさよが言った。

「あんたと一緒に修行してたんか？」

　おすまが訊いた。

「まあ、そんなとこで」

　初めは刺客として鬼市の命を狙ったところから話をすると、むやみに長くなってしまうから、おさよはそう答えた。

「ああ、そう言うたら……」

　午次郎がひざを打った。

「何ぞ心当たりでも？」

　鬼市が問うた。

「山西《やまにし》の政太郎《まさたろう》はんがいるやんか、お母はん」

　おすまに向かって言う。

「ああ、なんべんか山女魚を届けてるけど」

と、おすま。

「前にぽろっと、むかし子ォをさらわれたってもらしてはった。男の子やったたって」

午次郎がそう明かした。

「ほんまか」

丑松が色めきたった。

「そう言うたら、ちょっと顔が似てはるわ」

おすまの顔つきも変わる。

「そこへ案内してもらえまへんやろか」

鬼市が午次郎に言った。

「ああ、まだいまなら日のあるうちに行けるやろ」

午次郎は答えた。

「だいぶうねうねと行かんならんけど」

と、おすま。

「わたしも行きます」

おさよが名乗りを挙げた。

「おまえはここにおってもええがな」

丑松が言った。

「でも、この人と一緒になる約束をしてるんで」

おさよは鬼市のほうを手で示した。

「そうか。ええ人も見つかってるんやな」

母の顔で、おすまが言った。

「わたしは見つかったんで、あとはこの人の親きょうだいが分かれば」

おさよは笑みを浮かべた。

「山西やったらぐるっと回って帰れるさかい、食い終わったら出ましょか」

仁助がそう言って、山女魚の残りを胃の腑《ふ》に落とした。

「そうしましょ」

鬼市も続く。

ほどなく夕餉が終わり、支度が整った。

八

「ほな、気ィつけて」

留守番になった丑松が言った。

「あんまり遅ならんようにしいや」

帰ってきたばかりの娘に向かって、おすまが言った。

「うん」

おさよがうなずく。

「なら、行こか」

鬼市がうながした。

「はい」

おさよがすぐさま続いた。

道案内役は午次郎と仁助の二人だ。念のために提灯《ちょうちん》も持っているから心強い。

政太郎とその家族が住んでいる山西に向かって、四人は心細い路をうねうねと進んだ。

道々、家族かもしれない人たちのことを、鬼市は根掘り葉掘り訊いた。政太郎の女房、すなわち鬼市の母かもしれない女は健在で、ほかに二人の兄がいるらしい。

「兄さんが二人って、うちと一緒やね」

歩きながら、おさよが言った。

「まだ決まったわけやないけどな」

鬼市は引き締まった顔つきで答えた。

「もし違《ちご》ても、ほかを当たったるさかいに」

いくらか年上の午次郎がそう請け合ってくれた。

「頼んます」

鬼市は頭を下げた。

「そろそろやな」

仁助が言った。

政太郎は棚田と畑を耕し、山菜と茸《たけのこ》を採って暮らしているようだ。川からは離れているため、魚はおすまたちから仕入れていると聞いた。

険しい路を切り抜けると、急に視野が開けた。

棚田が見える。田植えはまだだが、その色が目にしみた。

山裾には紅いものもちらほらと見える。いつのまにか、山桜は満開になっていた。

「あれやな」

仁助が指さした。

竈《かまど》の煙が細くたなびいている。

「いてはるわ」

おさよが言う。

「どきどきしてきたな」

鬼市が胸に手をやった。

「よし、行こか」

午次郎が足を速めた。

おさよの家に比べると敷地が広く、家も大きかった。

前に畑もあり、とりどりの作物が植わっている。

「わいが言うてくるわ」

仁助が先に家に入った。

いきなり門口で説明をするより、あらかじめ来意を告げておいたほうが話が通じやすかろうという配慮だ。

「ここで待ってよに」

午次郎が言った。

鬼市はつばを呑みこんだ。

いままでさまざまな修羅場をくぐってきたが、心の臓がこんなにもきやきやするのは初めてのことだった。

家の中から話し声が聞こえてきた。

仁助の話を聞いて、色めき立っている様子が伝わってきた。

ややあって、足音が響いた。

男が急いで姿を現した。

目と目が合う。

それだけで、通じ合うものがあった。

「……おとう、か？」

のどの奥から絞り出すように、鬼市は問うた。

ひと呼吸置いて、父は黙ってうなずいた。

九

鬼市の本当の名が分かった。

武市《たけいち》だ。

奇しくも、「市」は同じだった。

家に招じ入れられ、茶がふるまわれた。

父は政太郎、母はおたみ。

長兄が政市《まさいち》で次兄が辰市《たついち》。家が栄えるようにと、兄弟にはみな「市」の字をつけた。おさよのところと違って順は逆だが、次兄の辰市はもう身を固めており、小さな子もいる。

「ほんまに武市やな？　夢やないな？」

政太郎が瞬きをして言った。

「なんべんもあんたが帰ってきた夢を見たんや。そのたんびに、『ああ、夢やったんか』と思て……」

母は目元に指をやった。

「すまんことやったな。畑仕事に一緒につれてきたとき、わっと襲われてさらわれてしもたんや。あれからずっと泣きどおしやった」

父がわびた。

「畑仕事のときに……」

鬼市、いや、本名が武市だと分かった若者が言った。

「そや。できることなら、あそこまで戻してくれとなんべんも思た」

政太郎はそう言って、茶の残りを呑み干した。

「毎日、お祈りしてたんや。あんたが無事で、帰ってくるようにと」

おたみがまだ涙声で言う。

「よかったなあ、武市」

「わいらもずっと気になってたんや」

二人の兄も言った。

その後もしばらく、互いに再会を喜び合う涙ながらの会話が続いた。

「ほな、道案内役はそろそろおいとまさしてもらいますわ」

ややあって、仁助が頃合いと見て腰を上げた。

世話役の庄太郎のせがれの仁助がまずおさよの家に案内し、次兄の午次郎とともにここへ来たいきさつはすでに伝えてある。

「ああ、すんまへんでした」

武市が真っ先に言った。

「世話役はんによろしゅうに」

政太郎が頭を下げた。

「ありがたいことで」

おたみも続く。

「おまえはどうする？　おとっつぁんとおっかさんが案じてるかもしれんが」

午次郎がおさよに訊《き》いた。

おさよが武市と一緒になることは、すでに告げてある。

「わいが明日送っていくで。そこでまた段取りの話をせんならんさかいに」

武市が横合いから言った。

「ほな、そうするわ」

おさよは笑みを浮かべた。

「今日はうちでゆっくりしていって」

おたみが言う。

「武市が帰ってきて、ええ人までつれてきて、盆と正月がいっぺんに来たみたいや」

政太郎は晴れやかな表情で言った。

十

仁助と午次郎を見送ったあとは、みなで祝いの宴になった。

山里ゆえ凝《こ》った料理は出ないが、筍や山菜の天麩羅が次々に揚がり、だんだん宴らしくなってきた。

「わいは下戸なんで、茶ァで勘弁してください」

ほうぼうから酒をつがれそうになった武市は、やや閉口しながら断った。

「この人、奈良漬ひと切れでも酔うて倒れてまうんで」

おさよが助け舟を出す。

「そうか。こけられてもかなんな」

父は銚釐《ちろり》をひっこめた。

「まあ、ひと足早い婚礼の宴みたいなもんやな」

長兄の政市が言った。

「めでたいことやけど、建て増ししたほうがええかもしれんな」

次兄の辰市が言う。

「そやな。わいは大工仕事が得意やさかいに、なんぼでも建て増ししたるで」

政市が帰ってきた弟に言った。

「そらありがたいわ」

武市は答えた。

「……おいしい」

筍の天麩羅を食したおさよが笑みを浮かべた。

「どれもこれも春の恵みやな」

武市が笑みを浮かべる。

「これで、おすまはんらが運んでくれる山女魚の塩焼きがあったら言うことないんやがな」

政太郎が残念そうに言って、湯呑みの酒を呑み干した。

「ほな、おっかさんに言うときます。もし武市さんの里やったら、そのうちあいさつに行かなって言うてましたんで」

おさよが言った。

「そうか。こっちから出向かなあかんとこやけど」

と、政太郎。

「いえいえ、山女魚を運びがてら、うちのほうから行きますんで」

おさよは如才なく言った。

その後も話が続いた。

「おまえらをさろていった悪いやつらは、ほんまに退治されたんやな？」

政太郎が念を押すように訊いた。

「ほんまや。かしらの息の根を止めて、隠れ砦は燃えつきた。もう裏伊賀はこの世におらん」

武市はきっぱりと言った。

「その隠れ砦で修行させられてたんや」

おたみが気の毒そうに言った。

「そや。死んだもんも沢山《ようけ》おった」

武市は答えた。

「ようまあ無事で」

母が瞬きをする。

「修行して、いろいろ技を使えるようになったんか」

政市がたずねた。

「そら、まあ、忍の修行やさかいに」

武市はいくらかあいまいな表情で答えた。

「何ぞ見せてくれへんか。ちょっとでええさかいに」

辰市が水を向けた。

「おお、そら、宴の余興にちょうどええ」

だいぶ酒が回ってきた政市が両手を打ち合わせた。

「ほな、宙返りでもやろか」

武市はおさよの顔を見た。

「うん、ええよ」

おさよは箸《はし》を置いた。

座敷の奥に移った武市とおさよは、束の間、鬼市と花に戻った。

「なら、行くで……一《ひ》の二《ふ》の三《み》っ！」

抜け忍だった二人は、息を合わせて見事な宙返りを披露した。

「まあ、こんなもんで」

あっけに取られている家族に向かって、鬼市は言った。

「……えらいもんやな」

政太郎が目を瞠《みは》った。

「びっくりしたで」

おたみが胸に手をやる。

「なんぼでもできるんか」

政市が問うた。

「ああ、なんぼでもできる。手裏剣を打ったり、忍《しの》び刀《がたな》で戦《たたこ》うたりもできる」

武市は答えた。

忍び刀も余った手裏剣も、大然和尚の寺に預けてきた。裏伊賀の討伐は終わった。もう用はない。もし何かまた敵が襲ってきたら、鍬《くわ》や鋤《すき》で戦えばいい。

「わいは、ほんまもんの忍になるねん」

武市はそう言って坐《すわ》った。

おさよも続く。

「ほんまもんの忍？」

辰市が少しいぶかしげにたずねた。

「そや。人の命を狙ろたり、わらべをさろたり、悪さをするのが忍やない。ほんまもんの忍は、毎日汗水流して田畑を耕して暮らすねん。ほんで、外からもし敵が悪さをしにきたら、力を出してみなを護ったるねん。それがほんまもんの忍や」

もと鬼市だった若者は力をこめて語った。

かたわらでおさよがうなずく。

「ほんまもんの忍になり」

母がやさしい声で言った。

「わいらを護ってくれ」

父も和す。

「ああ、気張ってやるわ」

帰ってきた男は笑顔で答えた。

十一

翌日は朝からきれいに晴れた。

朝餉を済ませた武市とおさよは、おすまたちが待つ家へ向かった。道案内はいないが、一度通れば忍は分かる。

「ほな、おすまはんにくれぐれもよろしゅうに」

政太郎が言った。

「分かった。土産もあるさかいに」

武市は干し大根を束ねたものをかざした。

「気ィつけてな」

おたみはおさよに言った。

「はい。次はおっかさんと兄ちゃんと一緒に山女魚を運んできますんで」

おさよは笑顔で答えた。

「楽しみにしてるわ」

「離れの普請はさっそく始めるさかいに」

武市の二人の兄が言った。

みなに見送られた二人は、山西からおすまの住まいへと向かった。

「忍のときみたいに急ぐことはないさかいにな」

武市が言った。

「ゆっくり行きましょ」

おさよが笑みを浮かべる。

途中でふと見上げると、山肌が紅色に染まっていた。

満開の山桜が日の光を浴びて悦ばしく輝いている。

「きれいやなあ」

武市が言った。

「ちょっと登ってみる？」

おさよが訊いた。

「そやな。桜が咲いてて、見晴らしのええとこまで」

武市は答えた。

山のほうにはまったく道がなかったが、忍の心得があれば大過はない。それでも慎重に、二人は山を登っていった。

山桜が近づいた。

斜面に寄り添うように立つ山桜の木は決して丈高《たけたか》くはなかったが、風に負けぬ美しい花を咲かせていた。

「あっ」

振り向いたおさよが声をあげた。

「おお、里がきれいに見える」

武市も足を止め、同じほうを見た。棚田と段々畑、点在する小さな家。里の景色は画《え》のように美しかった。

「このへんでええわ」

おさよが言った。

「そやな。何にもないけど、二人きりで花見や」

武市は笑顔で言った。

「花があって、光があって、風が吹いてて、景色が見える。もう、そんだけでええわ」

おさよが答える。

山桜の花が風にふるふると揺れる。恩寵《おんちょう》のごとくに差しこんできた日の光を受けて、その紅色がさらに輝きを増した。

「そばにおまえもいるさかいにな」

少し照れたような顔で、武市は言った。

「うん」

おさよがうなずく。

「やっとここまで来られた。ここが旅の終わりや」

抜け忍だった若者は、里のほうを手で示した。

その節くれだった手の甲に、風に流されてきた桜の花びらがふっと乗った。


（了）

〔主要参考文献〕

『復元・江戸情報地図』(朝日新聞社)
中島篤巳訳註『完本万川集海』(国書刊行会)
歴史群像シリーズ特別編集『〔決定版〕図説忍者と忍術』(学習研究社)
喜田川守貞著、宇佐美英機校訂『近世風俗志』(岩波文庫)
福永正三『秘蔵の国—伊賀路の歴史地理』(地人書房)

(ウェブサイト)
みえの歴史街道
伊賀ぶらり旅

本書は書下ろし作品です。

|著者| 倉阪鬼一郎　1960年三重県上野市（現・伊賀市）生まれ。早稲田大学第一文学部卒。'87年『地底の鰐、天上の蛇』（幻想文学会出版局）でデビュー。'97年『百鬼譚の夜』（出版芸術社）で本格デビューし、幻想小説、ミステリー、ホラーなど多岐にわたる分野の作品を次々に発表する。近年は時代小説に力を入れ、人情ゆたかな世界を描き続けている。2021年「小料理のどか屋 人情帖」（二見時代小説文庫）「お江戸甘味処谷中はつねや」（幻冬舎文庫）「夢屋台なみだ通り」（光文社文庫）「人情料理わん屋」（実業之日本社文庫）などのシリーズ作で、日本歴史時代作家協会賞〈シリーズ賞〉を受賞する。

八丁堀《はつちようぼり》の忍《しのび》(六)　死闘《しとう》、裏《うら》伊《い》賀《が》

倉阪《くらさか》鬼《き》一郎《いちろう》

講談社文庫

定価はカバーに
表示してあります

2022年2月15日第1刷発行

発行者――鈴木章一
発行所――株式会社　講談社
東京都文京区音羽2-12-21　〒112-8001
電話 出版（03）5395-3510
　　 販売（03）5395-5817
　　 業務（03）5395-3615

KODANSHA

デザイン―菊地信義
本文データ制作―講談社デジタル製作
印刷―――豊国印刷株式会社
製本―――株式会社国宝社

Printed in Japan

ISBN978-4-06-526937-4

講談社文庫刊行の辞

二十一世紀の到来を目睫に望みながら、われわれはいま、人類史上かつて例を見ない巨大な転換期をむかえようとしている。

世界も、日本も、激動の予兆に対する期待とおののきを内に蔵して、未知の時代に歩み入ろうとしている。このときにあたり、創業の人野間清治の「ナショナル・エデュケイター」への志を現代に甦らせようと意図して、われわれはここに古今の文芸作品はいうまでもなく、ひろく人文・社会・自然の諸科学から東西の名著を網羅する、新しい綜合文庫の発刊を決意した。

激動の転換期はまた断絶の時代である。われわれは戦後二十五年間の出版文化のありかたへの深い反省をこめて、この断絶の時代にあえて人間的な持続を求めようとする。いたずらに浮薄な商業主義のあだ花を追い求めることなく、長期にわたって良書に生命をあたえようとつとめるところにしか、今後の出版文化の真の繁栄はあり得ないと信じるからである。

同時にわれわれはこの綜合文庫の刊行を通じて、人文・社会・自然の諸科学が、結局人間の学にほかならないことを立証しようと願っている。かつて知識とは、「汝自身を知る」ことにつきていた。現代社会の瑣末な情報の氾濫のなかから、力強い知識の源泉を掘り起し、技術文明のただなかに、生きた人間の姿を復活させること。それこそわれわれの切なる希求である。

われわれは権威に盲従せず、俗流に媚びることなく、渾然一体となって日本の「草の根」をかたちづくる若く新しい世代の人々に、心をこめてこの新しい綜合文庫をおくり届けたい。それは知識の泉であるとともに感受性のふるさとであり、もっとも有機的に組織され、社会に開かれた万人のための大学をめざしている。大方の支援と協力を衷心より切望してやまない。

一九七一年七月

野間省一

講談社文庫 最新刊

古井由吉
この道
祖先、肉親、自らの死の翳《かげ》を見つめ、綴られる日々の思索と想念。生前最後の小説集。

山手樹一郎
夢介千両みやげ（上）（下）
〈完全版〉
底抜けのお人好しの夢介が道中師・お銀に惚《ほ》れられて。大衆小説を代表する傑作を復刊！

横関　大
仮面の君に告ぐ
殺人事件に遭ったカップルに奇跡の十日間が訪れるが。ラストに驚愕必至のイヤミス！

笠井　潔
転生の魔
〈私立探偵飛鳥井の事件簿〉
社会的引きこもりなど現代社会を蝕む病巣を切り裂く本格ミステリ×ハードボイルド！

倉阪鬼一郎
八丁堀の忍（六）
〈死闘、裏伊賀〉
裏伊賀のかしらを討ち果たし、鬼市《おにいち》と花はまだ知らぬ故郷に辿《たど》り着けるか!?　堂々完結。

講談社タイガ

遠藤　遼
平安姫君の随筆がかり　一
〈清少納言と今めかしき中宮〉
笑顔をなくした姫様へ謎物語を献上したい。毒舌の新人女房・清少納言が後宮の謎に迫る。

京極夏彦　分冊文庫版 絡新婦《じょろうぐも》の理《ことわり》 全四巻
京極夏彦　分冊文庫版 塗仏《ぬりぼとけ》の宴《うたげ》 宴の支度《したく》(上)(中)(下)
京極夏彦　分冊文庫版 塗仏《ぬりぼとけ》の宴《うたげ》 宴の始末《しまつ》(上)(中)(下)
京極夏彦　分冊文庫版 陰摩羅鬼《おんもらき》の瑕《きず》(上)(中)(下)
京極夏彦　分冊文庫版 邪魅《じゃみ》の雫 (上)(中)(下)
京極夏彦　分冊文庫版 ルー＝ガルー 〈忌避すべき狼〉(上)(下)
京極夏彦　分冊文庫版 ルー＝ガルー2 〈インクブス×スクブス 相容れぬ夢魔〉(上)(下)
北森　鴻　親不孝通りラプソディー
北森　鴻　花の下にて春死なむ 〈香菜里屋シリーズ1〈新装版〉〉
北森　鴻　桜宵 〈香菜里屋シリーズ2〈新装版〉〉
北森　鴻　螢坂 〈香菜里屋シリーズ3〈新装版〉〉
北森　鴻　香菜里屋を知っていますか 〈香菜里屋シリーズ4〈新装版〉〉
北村　薫　野球の国のアリス
北村　薫　盤上の敵 〈新装版〉
木内一裕　藁の楯
木内一裕　水の中の犬
木内一裕　アウト＆アウト
木内一裕　キッド
木内一裕　デッドボール

木内一裕　神様の贈り物
木内一裕　喧嘩猿
木内一裕　バードドッグ
木内一裕　不愉快犯
木内一裕　嘘ですけど、なにか？
木内一裕　ドッグレース
木内一裕　飛べないカラス
北山猛邦　『クロック城』殺人事件
北山猛邦　『瑠璃城』殺人事件
北山猛邦　『アリス・ミラー城』殺人事件
北山猛邦　『ギロチン城』殺人事件
北山猛邦　私たちが星座を盗んだ理由
北山猛邦　さかさま少女のためのピアノソナタ
北　康利　白洲次郎 占領を背負った男 (上)(下)
北　康利　福沢諭吉 国を支えて国を頼らず (上)(下)
貴志祐介　新世界より (上)(中)(下)
北原みのり　木嶋佳苗100日裁判傍聴記 〈佐藤優対談収録完全版〉
岸本佐知子 編訳　変《ヘン》愛《アイ》小説集
岸本佐知子 編　変愛小説集 日本作家編

木原浩勝　文庫版 現世《うつしよ》怪談(一) 主人の帰り
木原浩勝　文庫版 現世怪談(二) 白刃の盾
木原浩勝　増補改訂版 もう一つの「バルス」 〈―宮崎駿と「天空の城ラピュタ」の時代―〉
喜国雅彦 国樹由香　メフィストの漫画
喜国雅彦 国樹由香　本格力 〈本棚探偵のミステリ・ブックガイド〉
清武英利　石つぶて 〈警視庁 二課刑事の残したもの〉
清武英利　しんがり 〈山一證券 最後の12人〉
清武英利　トッカイ 〈不良債権特別回収部〉
喜多喜久　ビギナーズ・ラボ
黒岩重吾　新装版 古代史への旅
栗本　薫　新装版 絃《いと》の聖域
栗本　薫　新装版 ぼくらの時代
黒柳徹子　窓ぎわのトットちゃん 新組版
倉知　淳　新装版 星降り山荘の殺人
倉知　淳　シュークリーム・パニック
熊谷達也　浜の甚兵衛
倉阪鬼一郎　大江戸秘脚便
倉阪鬼一郎　娘飛脚を救え 〈大江戸秘脚便〉
倉阪鬼一郎　開運十社巡り 〈大江戸秘脚便〉

講談社文庫　目録

五味太郎　大人問題
鴻上尚史　あなたの魅力を演出するちょっとしたヒント
鴻上尚史　鴻上尚史の俳優入門
鴻上尚史　青空に飛ぶ
小泉武夫　納豆の快楽
近藤史人　藤田嗣治「異邦人」の生涯
小前　亮　趙《ちょう》匡《きょう》胤《いん》〈宋の太祖〉
小前　亮　賢帝と逆臣と〈康熙《こうき》帝《てい》と三藩の乱〉
小前　亮　始皇帝の永遠〈天下一統〉
小前　亮　劉《りゅう》裕《ゆう》〈豪剣の皇帝〉
香月日輪　妖怪アパートの幽雅な日常①
香月日輪　妖怪アパートの幽雅な日常②
香月日輪　妖怪アパートの幽雅な日常③
香月日輪　妖怪アパートの幽雅な日常④
香月日輪　妖怪アパートの幽雅な日常⑤
香月日輪　妖怪アパートの幽雅な日常⑥
香月日輪　妖怪アパートの幽雅な日常⑦
香月日輪　妖怪アパートの幽雅な日常⑧
香月日輪　妖怪アパートの幽雅な日常⑨

香月日輪　妖怪アパートの幽雅な日常⑩
香月日輪　妖怪アパートの幽雅な食卓〈るり子さんのお料理日記〉
香月日輪　妖怪アパートの幽雅な人々〈妖アパミニガイド〉
香月日輪　妖怪アパートの幽雅な日常〈ラスベガス外伝〉
香月日輪　大江戸妖怪かわら版①〈異界より落ち来る者あり〉
香月日輪　大江戸妖怪かわら版②〈異界より落ち来る者あり　其之二〉
香月日輪　大江戸妖怪かわら版③〈封印の娘〉
香月日輪　大江戸妖怪かわら版④〈天空の竜宮城〉
香月日輪　大江戸妖怪かわら版⑤〈雀、大浪花に行く〉
香月日輪　大江戸妖怪かわら版⑥〈魔狼、月に吠える〉
香月日輪　大江戸妖怪かわら版⑦〈大江戸散歩〉
香月日輪　地獄堂霊界通信①
香月日輪　地獄堂霊界通信②
香月日輪　地獄堂霊界通信③
香月日輪　地獄堂霊界通信④
香月日輪　地獄堂霊界通信⑤
香月日輪　地獄堂霊界通信⑥
香月日輪　地獄堂霊界通信⑦
香月日輪　地獄堂霊界通信⑧

香月日輪　ファンム・アレース①
香月日輪　ファンム・アレース②
香月日輪　ファンム・アレース③
香月日輪　ファンム・アレース④
香月日輪　ファンム・アレース⑤(上)(下)
近衛龍春　加藤清正〈豊臣家に捧げた生涯〉
木《この》原《はら》音《なり》瀬《せ》　箱の中
木原音瀬　美しいこと
木原音瀬　秘密
木原音瀬　嫌な奴
木原音瀬　罪の名前
近藤史恵　私の命はあなたの命より軽い
小泉　凡　怪談四代記〈八雲のいたずら〉
小松エメル　夢の燈《ほ》影《かげ》〈新選組無名録〉
小松エメル　総司の夢
小島　環　原作 あなしん　脚本 おかざきさとこ　小説　春待つ僕ら
呉　勝浩　道徳の時間
呉　勝浩　ロスト
呉　勝浩　蜃気楼の犬

講談社文庫　目録

瀬戸内寂聴　死に支度
瀬戸内寂聴　新装版 蜜と毒
瀬戸内寂聴　新装版 花《か》怨《えん》
瀬戸内寂聴　新装版 祇《ぎ》園女御《おんにょうご》(上)(下)
瀬戸内寂聴　新装版 かの子撩乱
瀬戸内寂聴　新装版 京まんだら(上)(下)
瀬戸内寂聴　いのち
瀬戸内寂聴　花のいのち
瀬戸内寂聴　ブルーダイヤモンド〈新装版〉
瀬戸内寂聴・訳　源氏物語 巻一《まきいち》
瀬戸内寂聴・訳　源氏物語 巻二《まきに》
瀬戸内寂聴・訳　源氏物語 巻三《まきさん》
瀬戸内寂聴・訳　源氏物語 巻四《まきし》
瀬戸内寂聴・訳　源氏物語 巻五《まきご》
瀬戸内寂聴・訳　源氏物語 巻六《まきろく》
瀬戸内寂聴・訳　源氏物語 巻七《まきしち》
瀬戸内寂聴・訳　源氏物語 巻八《まきはち》
瀬戸内寂聴・訳　源氏物語 巻九《まきく》
瀬戸内寂聴・訳　源氏物語 巻十《まきじゅう》

先崎　学　先崎 学の実況！ 盤外戦
妹尾河童　少年H(上)(下)
瀬尾まいこ　幸福な食卓
関原健夫　がん六回 人生全快
瀬川晶司　泣き虫しょったんの奇跡 完全版〈サラリーマンから将棋のプロへ〉
仙川　環《たまき》　幸福の劇薬〈医者探偵・宇賀神晃〉
仙川　環　偽装診療〈医者探偵・宇賀神晃〉
瀬木比呂志　黒い巨塔〈最高裁判所〉
瀬那和章　今日も君は、約束の旅に出る
曽野綾子　新装版 無名碑(上)(下)
三浦朱門・曽野綾子　夫婦のルール
蘇部健一　六枚のとんかつ
蘇部健一　六とん2
蘇部健一　届かぬ想い
曽根圭介　沈底魚
曽根圭介　藁《わら》にもすがる獣たち
曽根圭介　TATSUMAKI〈特命捜査対策室7係〉
田辺聖子　川柳でんでん太鼓
田辺聖子　ひねくれ一茶

田辺聖子　愛の幻滅(上)(下)
田辺聖子　うたかた
田辺聖子　春情蛸の足
田辺聖子　蝶花嬉遊図
田辺聖子　言い寄る
田辺聖子　私的生活
田辺聖子　苺をつぶしながら
田辺聖子　不機嫌な恋人
田辺聖子　女の日時計
谷川俊太郎 訳 和田 誠 絵　マザー・グース 全四冊
立花　隆　中核VS革マル(上)(下)
立花　隆　日本共産党の研究 全三冊
立花　隆　青春漂流
滝口康彦　〈レジェンド歴史時代小説〉粟田口の狂女
高杉　良　労働貴族
高杉　良　広報室沈黙す(上)(下)
高杉　良　炎の経営者(上)(下)
高杉　良　小説 日本興業銀行 全五冊
高杉　良　社長の器

2021年12月15日現在